《我们深圳》
首部全面记录
深圳人文的
非虚构图文丛书

我们深圳

WANDERING IN SHENZHEN

# 街巷志

## 行走与书写

◎王国华 / 著

深圳报业集团出版社

当年刚到深圳，在街头随处可见“义工”两个字。那时，其他地方还统称为“志愿者”。这些年，我亲眼所见，深圳的义工都脚踏实地，非常接地气（欧春健 摄）

“打工”两个字，在深圳有着不同的指向。谁看到他们，都会不由自主想到自己（欧春健 摄）

13670865821

一个欣欣向荣的城市，热火朝天建设的
同时也需要不停地小修小补（欧春健 摄）

西涌是深圳人放空自己的地方。离拥挤的街道并不远，便是沙滩、海水和迷蒙的云（欧春健 摄）

傍晚时分，匆匆忙忙的脚步，从四面八方来，到四面八方去

街道上背对着你的人，也许面对着鲜花（欧春健 摄）

树说，你来啊，你来啊（欧春健 摄）

025

# 总序

## 《我们深圳》

《我们深圳》？

是的。我们，而且深圳。

所谓“我们”，就是深圳人：长居深圳的人，暂居深圳的人，曾经在深圳生活的人，准备来深圳闯荡的人；是所有关注、关心、关爱深圳的人。

所谓“深圳”，就是我们脚下、眼前、心中的城市：是深圳市，也是深圳经济特区；是撤关以前的关内外，也是撤关以后的大特区；是1978年以来的改革热土，也是特区建立之前的南国边陲；是现实的深圳，也是过去的深圳、未来的深圳。

《我们深圳》丛书，因“我们”而起，为“深圳”而生。

这是一套“故园家底”丛书，它会告诉我们：深圳从哪里来，到哪里去，路边有何独特风景，地下有何文化遗存。我们曾经唱过什么歌，跳过什么舞，点过什么灯，吃过什么饭，住过什么房，做过什么梦……

这是一套“城市英雄”丛书，它将一一呈现：

在深圳，为深圳，谁曾经披荆斩棘，谁曾经独立潮头，谁曾经大刀阔斧，谁曾经侠胆柔情，谁曾经出生入死，谁曾经隐姓埋名……

这是一套“蓝天绿地”丛书，它将带领我们遨游深圳天空，观测南来北往的鸟，领略聚散不定的云，呼叫千姿百态的花与树，触碰神出鬼没的兽与虫。当然，还要去海底寻珊瑚，去古村采异草，去离岛逗灵猴，去深巷听传奇……

这是一套“都市精灵”丛书，它会把美好引来，把未来引来。科技的、设计的、建筑的、文化的、创意的、艺术的……这座城市，已经并且正在创造如此之多的奇迹与快乐，我们将召唤它们，吟诵它们，编织它们，期待它们次第登场，一一重现。

这套书，是都市的，是时代的。

是注重图文的，是讲究品质的。

是故事的，是好读的，是可爱的，是美妙的。

是用来激活记忆的，是拿来珍藏岁月的。

《我们深圳》，是你的！

胡洪侠

2016年9月4日

# 序

## 我看着你

国华说，当初有两位朋友强烈支持他离开长春移居深圳，我想我应该是其中之一。

对于他人的重大生活选择不轻易表态，尤其不能替人拿主意，相信这不只是我，也是很多朋友的刚性处事原则。但在国华是否来深圳的问题上，我甘愿冒风险，二话不说就鼓励加鼓动。实际想想，也没什么大风险，最不济，他不适应，再回长春，折腾几个机票钱而已。

因为我知道，像国华这种韧性强劲的家伙，放到哪里，都能安顿好自己。况且，当时我还在韩国，语言不过关，连去工地搬砖、去小店洗碗都没人用。那么艰难，我也挺过来了，国华到深圳，能有什么克服不了的困难呢？

没想到的是，时隔不久，我也选择了落脚深圳，这样一来，当初支持他，好像就收到了一种有人打前站似的效果，想一想，我就暗自开心。

那么国华在深圳这几年，感觉怎么样呢？读到他这本《街巷志》当中的一篇《树干上的树根》，我就放心地笑了。

被他写得深情款款的，是深圳街边路旁最常见的榕树。榕树的一大特征，是树枝上长气根，如壮年胡须，表面上随风飘摇，实际是直指地面的。如果不把它们拦腰斩断，那么没几年，一株树就能孳生出一片林。这是台风多发地区，物种自然选择的胜果。

因此，几乎任何一个北方人，初见榕树，都会生出强烈的新奇感。而对国华来说呢，在我推断，除新奇感之外，似乎还有一种以树喻己的潜在心理。对此，不管他是不是意识到了，也不管他是不是承认，反正突然生发出这种秘密联想，让我有了一种自得其乐的会心感。

树与土地的关系，往往比人与土地的关系更加自然更加稳定。一个尝过漂泊滋味的人，一旦动了落地生根的念头，可能把隐隐的决心寄托给眼前喜爱的景物，这不奇怪，也不费解。

当然，熟悉国华的朋友，根本无需通过榕树搞什么心理分析，书里书外，他从来都是直截了当地表达对深圳的认同，而且是高度认同。与充足的阳光无关，与丰沛的雨水无关，反正国华在继续成长。必须说，在眼界的拓展、观念的嬗变以及生活方式的改进诸方面，国华在深圳，变化十分明显。

但通读全书，可以发现，有一点，他没有变，那就是不忘来路。

生活的舒适度进一步提高了，看事物的立场与视角自然发生变化，这是任谁都避免不了的。不过你会发现，他游走于深街窄巷时，依然在下意识地为宝安73区夜市上陌生厨师的收入操心，为汽车站里的沉默夜行者要赶什么样的路操心，还为那些因共享单车而消失了的摩的司机下一份营生操心。

他仍旧踏实踩在大地上的脚印，清晰可见。

国华唱东北二人转在深圳的写作圈很知名，这一点让我稍感意外。他一个河北人，对东北地方小戏如此执迷，还把宣传推广工作做到了岭南，那么，意外之余，我好像有义务代表东北土著说一声谢谢吧，尽管我本人对二人转完全无感。

国华在书里讲到一件事，是在一次社区活动中，他唱的一小段二人转，打动了一位同样从东北来深圳的老者。老者激动，要联系方式，想约他吃饭。后来，国华婉拒了。他的想法是，共同爱好二人转，只是像毛细血管一样的微弱联系，生活的大动脉没有交集，没有共同方向，这种一次性应酬对双方的意义都不大。

知道有时候拒绝也是美德，知道做减法反而是对自己与他人有分寸的爱护，国华已经接近世事洞明。

当然这不是重点，重点是这本书通篇都保持着这种叙事基调，凭我对他文字的了解，能明确感觉到，他的写作方式，已经向深度原创方向调整。

一直以来，国华像一只勤劳的小蜜蜂，专栏类文字产量高、质量佳，短平快，好赚钱，他对此从不讳言。这种有素材作文，技巧性强，只要能让人心微微一动，就告成了。

而这一本《街巷志》完全不同，他不再十分在意他人是否心动，开始挖掘让自己心系、心念和心动的生命历程。冰山暂露一角，随后或有出水巨峰。他的率先转型，对我等写作同道，也应该是有触动的。

定居深圳五年，只要有机会，我都会建议一些老朋友，千万别再提“文化沙漠”之类的话头。依我所闻所见，深圳的文化生活，形制新，类型广，扎根民间，动力内生，是文化为人服务，而非人为文化服务。这种意识，恐怕还是可资北方众多城市借鉴的。

因而，不用多说，国华的持续努力，将为深圳的文化增加厚度，这完全是可以期待的，正像他自己所说的一样：“深圳改变我的时候，我也在改变深圳。”

是为序。

王元涛

2018年7月

---

**王元涛**：吉林人，资深媒体人，曾任吉林省《青年月刊》杂志主编、深圳《时代商家》总编辑，现为心理咨询推广人。

# 目录
# CONTENTS

**深圳**似乎有足够的耐心。它等待着。它每天认真**搭建密码**，给更多的人发出暗号。它依然在**大修大建**。在修剪枝叶的同时，也会保留下**一根根主干**，这些**主干四通八达**，有着无限的指向。现在的小孩子们，老了以后，也许**可以被它们**牵引着回家。

第一章

# 我来到了宝安

# 我在深圳有密码

你老家是哪儿的？元涛隔着我问远人。

远人答，长沙。

我补了一句，大城市啊。

元涛沉吟片刻说，哦，你是一个没有故乡的人。

这句话让桌上所有人都停顿了一下。

谁没有故乡呢？几乎每个深圳人都有一个故乡。

他们从四面八方赶来，乘着飞机，坐着火车，挤着大巴，背对着故土，道路被远远地甩在身后，越来越模糊。

在落地之前，每个人心里都没有底。落地之后拼争了很多年，还是有很多人心里没底。故乡是眼活泉，平时总是沉寂着。走在路上，偶尔听到一两句熟悉的乡音，沉积在心底的乡情会毫无征兆地喷涌而出。

喝多了酒，他们开始说起自己的故乡。在他们的描述中，每个故乡都像一根长长的木刺，锋利而独特。

雪地上的奔跑。棉手套棉帽子。冻得嗞嗞哈哈搓着手。流水婉约，小桥下面茂密的草。油泼辣子，一眼望不到边的荒原。房梁上即将风干的腊肉，小猫站在下面抬头向上瞅。整个小镇都飘着的螺蛳粉味道，吃一口要落泪……

你看他们陶醉的表情。他们的嘴一张一合，蹦出一个又一个平时少见的词汇。你不由自主跟随着这些描述走进他们的故乡，在那里停留，

少年时若在这里读过书，中年后你不读书了也会来坐坐

和一些你完全不认识的人幸福地生活在一起。

他们保留了记忆中最美好的一部分，有意无意地把另一部分忽略掉了。但没有人在乎。因为每一个人听讲的时候，自己心里也在同步描述，印证。他也忽略了自己不愿意记住的那部分。

元涛说远人没有故乡，是说大城市的人没有故乡。长沙是一个大城市。

深圳人来自五湖四海，更多的还是来自落后地区，除了山区就是老少边穷。越是无望的地方，逃往深圳的人越多。

回望的时候，每个人潜意识里都把故乡和乡村画了等号。最高也不过县城或者地级市。再往上，就太遥远了。城市怎么可以算作故乡？

没有河水，没有山峦，没有稻田。

乡愁像一只鸟，在高楼大厦的缝隙里飘来飘去。翅膀擦过高压线，差点被一架刚刚放飞的无人机撞到。它找不到一个落脚的地方，嘈杂散乱，横七竖八。安安静静的乡愁，处处被惊走。

这个城市和那个城市，同样的公交车，同样的商场超市，同样的地铁里同样麻木的面孔，同样的闪烁着的招牌，同样匆匆赶路的快递小哥，穿着同样的衣服，跳着同样的广场舞的老头老太太，你找不出这个城市和那个城市之间的一丁点差异。

大城市里没有更具体更个性化的物质，可以安放自己的童年和青春，无法让过去的时光平顺地接入当下。缺少了一个让某个人或者某几个人心里突然一酸的痛点，这个地方凭什么被称为故乡？

深圳和其他城市有什么区别呢？这里生活更方便，就业更多选择，服务更亲切，有常年不变的蓝天白云。它比其他城市似乎更柔软一些，但也有着其他城市共同的顽固和强大。

谁会把深圳视为故乡？

这里自然是有原住民的。那时候深圳还不叫深圳，叫作宝安县。龙华区还叫作龙华镇。沙井街道还叫沙井镇。更早的时候，宝安包括东莞、中山、香港等更大的地盘。

那时候，人烟稀少，瘴气冲天，树木森然。人们要时时提防虫蛇袭身。

我总是无缘无故地设想，有一个土生土长的本地人，他常年和家人在海边捕鱼、捞螃蟹、养蚝。每天迎着朝阳出海，夕阳西下时随着波浪返回岸边。

有一天再回到岸上的时候，他发现那个石头筑成的矮房子已经被扒掉，一排排崭新的高楼矗立在那里，仿佛几十年来就是这个样子，他自己倒像个闯入者。那些楼房俯视着他，显得他更加渺小。

他的渔船搁浅在岸边。他半信半疑地走进属于自己的新房子里。里面家具齐全，电器的棱角上闪着寒光。他的房子价值连城。

眼睁睁看着自己的故乡变成一个庞大的城市。他会怎么想？他是欣慰于这种变化还是无可奈何？

唯一可以确定的是，他的从前彻底变成了从前。

他默默坐在海滩上，看着潮水徒劳无益地一次次扑向岸边。潮水中荡漾着脏脏的泡沫。一只洁白的海鸥一掠而过。他视若无睹，精神恍惚。

他在丰富的物质海洋里，找不到自己的故乡，更找不到自己的童年了。

但为什么要找童年呢？一以贯之的人生对任何人都是天方夜谭，似乎也非人类所愿。

他们要在新鲜的日子里找寻新鲜，要让每一天有“意义”。

在深圳，有一个词很受推崇，这个词叫作“日新月异”。昨天这里

工业和技术虽然坚硬，但只要它们长久地存在，就能和我们的爱恨融合

还是一片大田，几天后已成为一座厂房，一个创新产业园，一片平整的停车场，的确比以前更干净更便捷。每天的忙碌、劳作，不就是为了让生活更美好吗？

对美好生活的拥抱注定要以变化为途径吗？注定要抹杀自己的童年吗？

没有答案。人们一边怀念，一边更加用力地改变。

海边那个发呆的人，无论失落，还是喜悦，都是外物带给他的。他操控不了什么，世界之变像潮水一样汹涌而来。每个人都如蚂蚁般微弱。自己做不了抉择，只能随波逐流。逆流而上者，除非被淹没呛死，最终还是要转回身去。

这是一个适合做故乡的地方吗？

参加同学会，回到当初那个城市，发现整个学校已悄悄发生了变化，所在的院系也搬了地方。原来我们上课的地方，已经有了新的入侵者。谁都知道世界不可能一成不变，但面对变化我们还是张口结舌，言不成句。在新的楼房里，新的招牌，新的课程表，跟我们完全没有关系。老师不是那个老师，学生不是那个学生，这些都还能够理解，但上课的教室已经沦落他手，大家都很尴尬，开始怀疑这是不是自己的母校。

后来在校门口拍了一张照片，发到微信上。有人回复说，校门没有变。

刚入校时，大家都在这个校门口拍过照，寄回到家里。

20年后我们看到了熟悉的校门。这个校门就是这个学校里的唯一。临别时跟班主任说，学校如果要把校门再改掉的话，请在校的人要坚决反对。这个校门是我们最后的念想了。老师说，会的，我们一定会的。

有一位同事要换房。打算卖掉老小区里的旧房子，搬到新小区的大房子里。新房子面积更大，环境更好，小区里绿树成荫。但他的女儿说什么都不同意，她说我是在这个旧房子里长大的，这是我的家，卖掉了它，我就找不到自己的家了。万般无奈，同事留下了这个房子。后来房子价格翻了两倍，自然这是题外话了。

这么说，在大城市里，故乡也可以存在的。

一个卧室，跟其他房间没什么区别。但她在这里长大，她的影子，她的气息附着在墙壁上。她回到这个卧室里，轻轻吸一口气，就能找到那个自己。她侧头看到墙角那个瘪了的篮球，就知道它是怎么瘪的。墙上的一道道划痕，像一个个密码，只有她自己才能读出来。这一毫无特色的小小房间藏着她所有的秘密。那些秘密就是她生命的细胞。

我看到的校门也是。“××大学”几个字上，横着的一笔，隐现着我的初恋。竖着的一笔，锁定了我第一次打工挣来的零花钱。一笔一画都和我保持着单线联系。青春时的酸甜苦辣，随着蒙太奇一样的书写，一幕幕呈现出来。

我紧张地盯着它们。有人去动我的密码，我会悄悄地喊一声，疼。

千人一面的大城市里，这样的细节竞相开放。它们密密麻麻地排列在街道上，仿佛一个个有灵性的物体，随时张开嘴和你说话。

公交306路站台，站台旁边的一棵树，树上偶尔发呆的一只鸟。过了一会儿，鸟儿迎着夕阳展翅飞走。如果这些景象没有变，那个故乡就不会走失，就会和心里某一个最脆弱的黑点悄悄结合。

你走着，走着，检阅着这些专门为你建造的密道。沿着它，你走回自己的童年。那里还有你爸爸的童年、你爷爷的童年，你们祖祖辈辈定居于此。根扎得好深，挖掘机都拉不断它。

大城市里的繁华和嘈杂此时全部隐没，哑了嗓子。它们无法压迫你、欺负你。这是你的家，你是主宰。谁都动不了你的。

街头演唱的年轻人。若干年后，他们或许会循着草坪与棕榈树找回自己的青春，而周围的听众也将在他们的歌声中找到当年的密码

（欧春健 摄）

我的女儿一度坚定地否认自己是深圳人。我对她说，你是深圳户籍，应该算是深圳人。她说自己是土生土长的东北小孩。一次作文考试，老师让描述一下深南大道，女儿写道，“深南大道是什么东东，我是东北来滴”，老师居然还给打了个及格分。真的很包容。也许老师不是第一次遇到这种情况了吧?

女儿现在已不怎么抵触了，她甚至逐渐以这个城市为傲。她有了新的朋友，和同学周末一起去看电影。这里的天气也是她经常向以前的小伙伴炫耀的内容。

在这里，她有了自己的理想。

多少年之后，这个十二岁才来到深圳的人，跟别人介绍深圳时，内心是否默认此地便是故乡，哪怕是第二故乡?

深圳似乎有足够的耐心。它等待着。它每天认真搭建密码，给更多的人发出暗号。它依然在大修大建。在修剪枝叶的同时，也会保留下一根根主干，这些主干四通八达，有着无限的指向。现在的小孩子们，老了以后，也许可以被它们牵引着回家。

现在这些没有故乡的人，须发皆白之时，都会有一个故乡。深南大道上擦肩而过的那些人，他们谁也不会被抛弃。

我对元涛说，日子还长，让我们继续走下去吧。

# 大梅沙的风铃

2011年4月，我在网上看到招聘启事后，给深圳一家媒体投了简历。

其实那两三年我一直在向珠三角一带投简历。在东北生活了十几年，娶妻生女，生活安定，在圈内也有点小名气。一个朋友告诉说，某年他去参加全国副刊年会，上百家报纸的副刊部主任，提到我，多半说打过交道，未到场的我反而成了他们之间的黏合剂。但我内心一直蠢蠢欲动着，越到后来越按捺不住。四十岁之前不离开，就没有机会了。我的目的地很明确——珠三角。深圳最好，广州、东莞、珠海、中山、佛山之类也可以考虑。一是对岭南风光充满向往，二是离得远，既然离开，越远越好。还有一点，就是冥冥之中感觉珠三角与漂泊有那么一点联系，少年之梦想可以借此与现实有个交接点。

很快，我接到面试的通知。那年五一，我乘飞机从遥远的东北到了宝安机场，然后打车赶往后来所在的单位。老总放弃休息接待了我。整整一个下午，我们都在谈如何改造版面，让内容更上一层楼。这是一位很有事业心的老总，他对我表示满意，但也提醒我慎重考虑，这么大年龄背井离乡，要全面衡量。而我当即暗下决心，回去就办离职手续。机会难得，稍纵即逝。能有人欣赏你，这是缘分。

这些年，东北地区人才外流现象严重。其实何止东北，全国各地都如此，三四线城市人口普遍外流。一线城市的繁荣有他们不可或缺的功劳。这说明他们欠缺的不是能力，而是机会。他们当初的出走，也许都有一个曲折的故事。

在深圳待的时间越长，越知道大梅沙在深圳人心中的重要性（欧春健 摄）

梁实秋说过：八年抗战，最大的感受是，即使吃糠咽菜，全家人也要在一起。

人到中年，生活轨迹发生改变，其实还是有阵痛的，这便是分离之苦。

我和妻子从恋爱到结婚，十多年几乎天天在一起，彼此已经习惯了这种状态。偶尔出差，每天都要打电话，有点小别胜新婚的意思。我写过一篇文章，名为《不分离》（收入我的散文集《中年奴》中），里面提到自己有一次到外地面试归来，夫妻二人去小饭馆庆祝应聘失败（有点奇怪吧？）。妻子说，长春的日子这不挺好嘛，想吃什么都有，物价还低。和妻子去买东西，很重的一件物什，我扛到楼上，又扛下来。妻子说，平时看你没用，关键的时候，有还是比没有好。话里话外都希望我打消去外地的念头。

这次去深圳面试，妻子基本也是抱着“你去转悠一圈回来就死心了”的心态，没想到我这么快就做了决定。其实这个决定也不是完全的武断。我跟两个最亲密的朋友沟通了一下，获得了支持。此外还问了父亲和岳父，他们都没什么文化，我平时跟他们也没什么话可说，但到了这个年纪，在人生重大问题上，非得问一下老人，心里才踏实。他们的意见也许没什么实质性的参考意义，更多的是心灵上的依靠。但如果他们都不同意，也许我真的就打退堂鼓了。

我决定买票去深圳时，遭到了妻子激烈的反对。临行前三天，她每天晚上都哭一场，说着说着就哭起来。我心里乱糟糟的，随时都有退掉机票的冲动，仿佛在悬崖边上走路，一不小心就会掉下去。当时若回心转意了，今天也许是另外一种状况。这里没有好坏之分，想来却都是生活的歧路。妻子埋怨我最多的一句话是，咱们结婚这么多年，什么事都是商量着来，你这次却连商量都不肯商量。

如火的骄阳，潮湿的阵雨，林立的高楼，凌乱而充满生活气息的城中村，随处可见的蒲葵，以及林荫下扑鼻的花香，带着一个简单的皮箱，深圳，我来了。

刚开始那段时间，我和妻子每天都要视频通话。我经常添油加醋地给她讲这边的见闻，水果啦，热带植物啦，尽量生动一些，好玩一些，她则有一搭没一搭地听着。我知道她是听不进去的，她最关心的是我到底决定留下还是回去。如果回去，什么时候回去?

有一天刚打开电脑，彼此对视片刻，妻子突然哭了，眼泪哗哗地流。我无语凝噎，一个劲儿向她道歉。但她还是关了视频，打下一行字："我不想再说什么了。你早点休息吧。"

一个来深多年的朋友说，背井离乡，前三个月最难过，各种煎熬。这三个月一定要想方设法跟家人见次面。此话应为经验之谈。也巧，一个多月后，辽宁教育电视台要搞一个二人转辩论会，邀请我去当嘉宾。沈阳离长春非常近，正好可以见个面。我赶紧告诉妻子，约定在沈阳相聚的时间。

到达沈阳的那天晚上，正赶上妻子上夜班。她下班后乘火车赶到沈阳。一路上我们不断互相打电话，询问车到哪儿了，计算还有多长时间到站。等她从出站口熙熙攘攘的人群里出现时，已是凌晨两点多。一个多月的漫长分离，那种感觉非旁人可以理解。我们紧紧拉着手，仿佛怕失去彼此。

第二天参加节目录制，第三天晚上又要分开。短暂的相聚后又是漫长的分离。在沈阳火车站，妻子说，干脆咱不回深圳了，一起回长春吧。

唉，也只能这么说说而已，生活推进到这一步，岂能轻易调头?

九月份的一个早晨，妻子打电话来，直接大哭，怎么问都不回答，只是哭。着实把我吓一跳，以为发生了什么事。后来才知道是跟孩子生气了。我理解妻子的无助。我在身边，哪怕一句话都不说，起码也是支撑和分担，现在她的崩溃，就是这种无助的集中爆发。

暑假期间，妻子带着女儿来深圳住了一周。为了给她们留下美好的印象，我带她们去了东部华侨城、大梅沙、世界之窗、海上田园等，都是深圳最有特色的地方，还品尝了岭南特有的早茶。

我写过一篇文章，名为《大梅沙的风铃》，记录下了这段经历。摘录其中几段，可管窥当时的心态：

妻子女儿来了。我们特意避开周末，挑选周四这天逛大梅沙。东部华侨城中浓郁的异域风情、随处可见的鲜花、眼花缭乱的游乐设施，让我们流连忘返。夕阳渐沉时，我们回到了旅店。换了泳衣，带着泳圈，兴冲冲地向沙滩走去。本来湛蓝的天空此时忽然变脸，阴沉沉，凄惨惨，零星的雨点随着疾风一起怒吼。到了海边，见沙滩上已扯起一条红色的绳子，把游人和大海分开。每隔几十米站一个救生员，一副如临大敌的样子。高音喇叭在一遍遍播放如下提醒：鉴于风大浪急，为安全起见，游泳场暂时关闭，谢谢您的配合。不断有游客像我们一样，站在一边等待。但风越来越大，雨越来越急。下海无望了。我们只好先找个饭店，点了三只烤乳鸽，一边慢悠悠地吃，一边隔着落地的玻璃窗欣赏外面的风景。

回到宾馆时已大雨如注，风也一阵烈似一阵。我们一家三口却睡得特别香。分别虽然只有三个月，但于我们来讲比三年还要漫长。幸福的家庭，家人需要天天在一起，哪怕各忙各的，谁也不看谁一眼，彼此什么都不说。我为了所谓的理想远赴深圳，其实是有点自私的。在分离的日子里，都很煎熬。我们团聚在这万里之外的大梅沙，大梅沙便是我们临时的家。

第二天早晨，风雨稍微停歇。我们怀着侥幸心理带着游泳器具来到海边碰运气。一看，红线依然醒目地拦在那里。我们今天必须返回，看来是没机会亲水了。我心里有一股说不出的滋味。我知道，是否亲近海水，对妻女是否愿意定居深圳起不了决定作用。能让她们做出抉择的，还是我的态度。但我拿不出其他，就把大梅沙当成自己最好的东西献给她们。但这样的愿望也无法实现。

此时游人很少，有穿着工装的打工妹，有背着双肩挎包的年轻人，都躲在沙滩上一个临时搭建的小店里。那个小店中有各种各样的挂饰，色彩艳丽，琳琅满目。晨风嗖嗖，游刃有余地穿梭在人与物品之间。

我们失望地往回走。叮铃铃，叮铃铃，一种奇怪的声响渐渐穿过我的耳膜，进入我的内心，其实它一直在响，只是我没有听到。现在它响了，仿佛忽然之间，整个空气里都弥漫着那个声响。哦，那是用贝壳做成的风铃，被风唤醒了生命。女儿开心地笑了，妻子也开心地笑了。那么清亮的风铃声，笼罩了我们一家三口。

过惯油瓶倒了不扶的生活，到深圳后，什么都要从头开始。最简单的像使用银行卡、使用洗衣机等都要学习。深圳蚊子多，还要买蚊帐、搭蚊帐。倒不是生活弱智，而是在家中这些活儿根本用不着我，现在自己都磕磕绊绊地学会了。自力更生，也是一个新世界。

有一天晚上做噩梦。感觉到自己是做梦，但就是醒不过来，只能跟着梦走下去，进入梦魇状态。我和妻子都是经常做噩梦的人，半夜喊起来，旁边的人会拍拍对方，轻轻安抚，让其逐渐平静下来。现在我几度在梦中喊醒，醒来满头大汗，怅然若失。

最大的伤害还是来自身体上的。

因为要认识和结交一些人，进入新的圈子，喝酒时便缺少节制。有几次，跟陌生人喝酒，人家说，你是东北来的，肯定能喝，那就喝一点吧。结果喝得呕吐不止，人事不省。想来完全没必要，那几个人我甚至都不知道叫什么名字了。真正关心你的人怎么忍心让你喝成那个样子。所以，凡是逼你或者怂恿你喝大酒的，必不值得深交，装豪爽的后果只是害了自己。此为一种心得。

和朋友逛凤凰山的时候，心里惶惶的。和家人一起来，心里踏实，却觉得太拥挤（欧春健 摄）

在家人来深圳之前的一年半时间里，我一个人住在出租屋里，心基本在空中飘着，没落过地。跟朋友聚会时灯红酒绿热闹非凡，一回到租住的房子里，心又飘起来。“一颗飘着的心”，这不是一句文学话语，而是一种非常现实的存在，这种存在会侵略身体，让身体不舒服，时间长了就会形成伤害。简单概括，就是心情影响到心脏。

那一年年末，《齐鲁晚报》向我约稿，让我总结一下这一年的生活，我的标题是《2011年，我离死亡如此切近》。里面引用了我在当年7月18日写的日记：

昨天轮到我值班“一读”，即凌晨两点半到印刷厂看大样。工作刚刚开展，我一直忙到晚上十一点才休息。闹表上到两点，但辗转反侧睡不着，心脏越来越难受，仰面躺着感觉心脏非常压迫，只能侧躺着。

两点起床到印刷厂，看完大样，回家躺在床上，继续辗转，一直到凌晨六点多。吃速效救心丸数粒，无果，担心睡着就再也醒不过来。身上冒虚汗，有一种随时会猝死的感觉，赶紧起来打车去宝安区医院。

担心身上钱不够，路上给一好友发短信，让他起床后带钱来医院。

进急诊室，简单检查，打吊瓶。我对医生说，让我安静睡一觉就会好的。迷迷糊糊中，睡了一个小时左右。挪到二楼点滴厅，继续打，小孩儿哭、病人呻吟，乱作一团。

十点左右，点滴打完，好友赶来，打车陪我回家，接着睡。路上给老婆发一短信，说昨夜失眠，白天补觉，别打电话打扰我。

下午两点多醒来，到单位，填表格，看版面，看本周的稿子，交表格，领单据，很琐碎，像一个没病的人……

那段时间，经常心脏不舒服，自己也不懂得保护。有一个晚上，朋友请我去喝咖啡，边喝边聊，不由多喝了两杯。店主说，自己每晚都要喝点咖啡，否则睡不着。而我似乎正相反，那天晚上回到家，心脏又难受起来，躺着也不行，坐着也不行，只能把后背垫高，靠着被子睡。有个成语叫“高枕无忧”，最早提出这个说法的，一定心脏不好。

那天晚上我告诉一个朋友，第二天上午一定记着给我打电话。一个人孤零零地住着，死了都没人知道，这实在太可怕了。

后来还发生过几次这样的事情。每当孤枕难眠时，我都产生打道回府的冲动。十月份，我写下这样一首诗：

我终于不再强大
不再睿智
像一个随遇而安的孩子
像一条随波逐流的溪水
听从命运的调度

我终于感觉到了软弱和无力
暗夜里抚摸渐慢的心跳
想象自己将要死去
我死之后
最伤心的是父母妻子女儿以及我的兄弟姐妹
趁我还活在世上
我要认真地去爱他们

我不再固执己见
如果墙壁可以躲开
我为什么要坚持选择碰壁
让亲人为我担心　彻夜难眠

我终于不再被欲望牵引着故作强大
我要回归乃至退缩
我要回归温暖和爱
与亲人一起吃饭　睡觉　起床

我知道，那段时间对妻子更是个折磨，对她身体上的伤害要远远大于我。人生中这短暂的分离，我们的付出不算小啊。

我能迅速在深圳产生融入感，一方面是深圳不排外，“来了就是深圳人”，一方面是在很短的时间内交了一批朋友。

我首先给本地作协主席打了电话，这是一位和蔼可亲的老大哥。他当时正在外地出差，让我先联系一下他的助手——副主席兼秘书长老高。跟老高联系上以后，他把我引荐到几个饭局上，认识了本地文坛的一干人等，这就算进入了圈子。

那段时间，混得最熟的是诗人老昌。我很久以前读过老昌的诗歌，觉得他的诗歌很牛，先就有了亲切感。此外，别人都有家有业，要按时回家，他反正老哥儿一个，相当于光棍汉，没牵挂，一起混的时候没负担。

其实他也不是一个人在战斗。另一个写诗的小兄弟天蝎跟他合伙开了个公司，利用深圳的产业优势和地缘优势倒买倒卖，大概就是帮人家跑腿，低买高出，每天都能有点进项。员工只有一个，后来还成了天蝎的老婆。

好多个周末，我都乘坐晃晃悠悠的公交车来到新圳路上那座被称为“孵化器”的办公楼。老昌的公司就在这里。新圳路其实是一条河，名为新圳河，上面加了个盖子，修成马路，还建了一个停车场。路边是高大的榕树，浓浓的绿荫，十分清爽。现在一经过那里，看到浓浓的绿荫，就会想到那段日子。

所谓的公司，只有三间房子，一间办公，一间给天蝎小两口住，一间给老昌住。

老昌好抽烟，每天一两包，一根接着一根地抽。我在长春的时候，几乎都是抽十元以下的烟，过年偶尔犒劳自己，买几盒二十多块的已很满足。到这边看老昌他们随随便便抽利群或者芙蓉王，感到肉疼。不过跟他们混过一段时间后，觉得生活上不能亏待自己，也开始买三四百元一条的了。想来还是两地收入的差距造成生活习惯的差异。

老昌嗜酒，早晨起来都要拿一瓶啤酒漱漱口。他的公司里收藏着各种真真假假的"名酒"，每次老昌都说："我这是珍品，比茅台（或者五粮液）不差"，一副不容置疑的神情。以老昌为代表的一班文友，并没什么显赫的社会地位，也为别人办不了什么大事，不过总能收到各种各样的赠品，这些酒到他们饭桌上，也不知倒几遍手了。喝酒不花自己的钱，终究是件好事。

总体上说，老昌是个非常粗糙的人，喜欢大谈特谈怎么挣钱拉关系，抽冷子还吐一口痰。我说你的诗写得那么干净，生活是这个样子，粉丝见到不会失望吧。他说失望个屁，××（一个更出名的诗人）比我还俗，打麻将吹牛，但人家诗歌写得好啊。

也对，能吃能喝能玩是幸福。

老昌他们明着是开公司，实则更像开流水席。每天从早晨开始就有一大堆人坐在这里吃饭，中午换了一拨人接着吃，晚上又换了另外一拨人。各式各样的人纷至沓来，有的特意来蹭饭，有的聊得兴起，也留下一起吃。老昌喜欢做饭，炒菜水平一流，或许是常年在外修炼出来的。有时候人多，还到下面的饭馆去吃大餐。老昌说，我们挣点钱都用来吃饭了。

老昌的场子如果没有文学这个线牵着，也搞不起来，共同的兴趣和价值取向把大家凑到一起。文友们在一起很少谈文学，而是打扑克、喝酒、喝茶、闲扯淡，但必须有文学做背景和衬底。

那时经常去的还有雁盟酒店产业文化园，诗人奇志（江苏人，打牌水平不错）在那里开了个名为“私语咖啡”的小店，墙壁上写满诗人的签名和赠言，好多港台诗人、本地文人都留下了笔墨，有那么一点另类的感觉。但这地方太偏了，生意不怎么好，经常看到奇志无聊地坐在那里翻书。他同时在做大理石生意，似乎不指着这个挣钱。不过后来还是挺不住了，把店铺兑给了别人。

私语咖啡馆关门后，我失落了好一阵。初到一地，最先接触的那些人和事物在心上刻下烙印，显得最为宝贵。但深圳是个神奇的地方，民间的力量生生不息。不久，在同一地方，一帮文化人又搞了个叫“打铁文艺社”的活动场所，热热闹闹地折腾到现在，看样子能活到天荒地老。

唯一不属于圈内的人是刚哥。在一个饭局上见过一次面后，很投脾气。他时不时打电话来说，中午一起吃饭啊。反正我一个人，就说好啊。于是一起去吃。他厨艺好，擅长炖鸡。一整只鸡，几乎不放什么作料，炖好后端出来，喷香。他会享受生活，给我讲解红酒的喝法，把自己做的一些手工制品展示给我看。一个破旧的轮胎，他居然能改成一个茶台。

我很长时间内都不知道他是干什么的，也没有问。深圳移民来自五湖四海，背景复杂，如果人家自己不说，很多东西都不便问。他不上班，也不缺花销，不晓得到底哪里来的钱。后来才发现，深圳这样的人还不少。原来，有些人来深圳早，攒了些家底便不再工作，一心一意享受早些年的成果。我认识这么一位，把钱投到一个电子厂，每年以股东身份拿分红。老婆没事到香港购物，丈夫则跟文友们一起写诗玩，也是其乐融融。

这些都是知道进退的人。外地人眼中，深圳节奏快，贴着“紧张”

"励志""奋斗"等标签，殊不知，这个地方懂得"停下来"的人也不少。他们是深圳的另一面。

刚哥喜欢研究各类经济大势。2011年末，他劝我赶紧买房子，说这是最低点，可以出手了。那时深圳房价正处于盘整期，很多人持币观望，有人判断会继续下跌，连房地产中介都这么认为，结果一年后房价大涨。因为我还没决定是否在深圳定居，甚至犹疑着要回去，所以没有买房。两年后再买时多花了七八十万。

刚哥做事非常靠谱。我晚上心脏不舒服的时候，都是让他第二天某个时间给我打电话，他肯定会按时打过来。

那段时间很多朋友帮助过我。他们并不热情似火。大家都很忙，有的一年也聚不上几次，但心里彼此认对方为朋友。这种散漫的方式，挺好。

在深圳，我最早学会的一门技艺是"斗地主"。老昌他们几乎天天都在"斗地主"，大呼小叫，啤酒香茶。"斗地主"跟东北的"打百分"差不多，只是稍微复杂一些，更讲究配合，我一个下午就学会了。到了傍晚，我居然鬼使神差地给老婆打电话说，自己打了一下午牌感觉心情放松多了。老婆在电话里怒斥我，你出去是干事业，还是去赌博？什么周末啊，周末也不行，你打牌就是不学好！

价值观绝对正确。可那时还没有微信，很少上微博，总得排解周末的孤寂和无聊啊。我业余时间基本就是读书，读了大量的书。有一个周末，在家中看中央电视台戏曲频道播放的京剧《锁麟囊》。演到薛湘灵流落异乡，三次对着胡婆的背影说"胡婆，你可要回来看我"的时候，居然看得落泪了。也许是触景生情吧。人到中年，早过了多愁善感的时候，发生这样的状况，应是一个人独处的结果。

所以业余时间还是经常"斗地主"。人多，热闹。

我租了一个三室两厅的房子，有人问，你一个人要这么大房子干什么？我说大房子舒服嘛，老婆孩子来的时候也够住。我还买了好多啤酒，把冰箱塞得满满的。周末经常有朋友或者同事到我的住处“斗地主”，有时甚至两三桌同时开战。客厅里一伙，卧室里一伙，从白天打到天黑，吃完饭接着战斗。我困了先睡，他们后半夜才走。我第二天早晨起来还得收拾他们的残局。

一天晚上，几个人打牌，半夜饿了找吃的，把我一盒打开的饼干吃完。当时正值回南天，饼干发霉了，他们立竿见影地闹起肚子。我睡在屋里迷迷糊糊地听到厕所门咣当打开，咣当关上。外面的人喊，你快点好不好，我憋不住了。还有人气急败坏地问，这怎么回事？饼干不是有毒吧？后来他们问我，我说我这两天一直在吃那盒饼干，没什么事。也许是你们点儿背，正赶上那个时候变质。

朋友们跟我也真不客气，吃我的食品，喝我的啤酒，抽我的烟，然后赢我的钱。我们玩得不大，都是五元起，一个晚上三五百元的输赢足够了。有一次到一个朋友处，饭后打牌，那些人打牌都是一百元起，一场下来，输赢可达几万块。我说算了，你们玩得太大，我不玩了。他们说，就是玩玩啦。我这人不扛劝，只好凑局。还好，一个下午只输了几百块钱，但此后见到这样的局坚决不再上前。打牌本来就是玩玩而已，消磨时间，斗斗智力，不为赢钱。好在我有记性，输到一定程度，就自动熔断，避免更大损伤。

这样的局面持续下去其实是很可怕的，总有一天要出事。心内惶惶，“斗地主”是麻醉药和精神寄托。这个精神寄托很容易走火入魔，误入歧途。等妻子女儿都来到深圳后，生活进入正轨，对“斗地主”的兴趣逐渐变淡。虽然有时候也玩一玩，但不再沉迷。

有必要补充几句。那一年，我在工作上相当着力、用心，每天基本是最早坐在办公室，最晚走人。其他人按部就班，我则小心翼翼，绞尽脑汁创新。我名为部门主任，实则光杆司令，一个人首先搭起架子，设计各种方案，然后根据需要隔一段时间进一个人，半年时间终于把一个部门及相关工作像模像样地开展起来。印象比较深的一次，处理突发事件得到领导肯定，在会议上公开表扬我。最初那两年，头发渐渐白了。每个白发的人，在人生中都有一个重要节点来让头发变白。

但奇怪的是，我们每天大部分工作时间是无法记录的，记录的似乎都是边角料，是非正常生活，正常的部分被忽略了。大而扩之地想，所有的历史，记录的都是非正常的生活，我们看到的历史是一部偏见史，是一部残缺的、忽略了正常生活的历史。秦朝的人怎么吃喝拉撒，每天怎样迎来日出送走晚霞，没有人知道。我们记录的是相互征伐，金戈铁马。朴素的工作、平庸的生活完全没有被记录。

哪个才是真正的生活？不知道。

我记录下这些，是想留下一点记忆，然而，也是一个小小的非正常生活的记录。

而我喜欢、享受现在的不值得记录的平庸生活。

平静的**宝安公园**，熙熙攘攘的人，都是故事。**我从里面**走过，**或从外面**随便看它一眼，都看到大幕又一次悄悄**拉开**。

第二章

# 一个人逛街

# 树干上的树根

我坐在车里，透过车窗，看着外面的大榕树。我看它一眼，它看我一眼。我转过头去，它也转过头去。我斜眼偷窥它，发现它也在偷偷地窥视我。

这是深秋的下午。阳光富足地照射着大榕树油亮的叶子，再被叶子反射到大榕树的周身，使它显得灿烂辉煌，一点也没有萧瑟之气。

岭南的深秋还相当于北方的盛夏呢。

我是在注目榕树的气根。几个来回的对视，我有点心虚了。躲在什么地方都逃不脱它犀利的眼神。但我心里还是想着气根。



我见过太多的树根。村民们用五花八门的器具把它们从地下刨出来，这个过程让它们伤痕累累。但它们已经死去，感觉不到疼了。在暴烈的阳光底下，根茎笨重得像一头牛，一口一口地吐着最后的气息。然后人们用坚硬的斧头将它们大卸八块，或者用狡猾的铁锯把它们一点点切割开，背回家当柴火烧。这种柴火很耐烧，小小几块就能煮开一锅水。

看着四分五裂的尸体，我能想象出它们生前的片段。

它在树干的最底部悄悄钻出来，一天天长大。它不能局限于一个地方，要伸展，要向前，向下，向上，向四面八方。它身上仿佛长着无数的夜视眼，可以穿透密密实实的土壤缝隙看清旁边的路。它要绕开一块块土疙瘩，一块块坚硬的石头。不小心撞上了，就围绕着硬物转个圈，继续前行。如果竭尽全力，它也许能够把硬土疙瘩钻透，甚至把一块石

北方人第一次见到这样的树根，颇有触目惊心之感。时间长了，也就见怪不怪。所有事物的认知都有这样一个过程。

头钻透。但权衡利弊，还是要保存实力。很多事，没必要真枪实弹地对着干。

它还要小心蛇的洞穴、老鼠的洞穴，万一失足进去，会被捆绑、啮咬，遭受无妄之灾。

它一点点地试探着前行，要寻找水，寻找更有营养的土壤。它像个探测仪，对土壤的成分，对水的深度广度，都有精密的分析。它把这些汲取出来，源源不断地输送到树干上去。

它一辈子在黑暗里，见不得光。光芒是它的毒药。

树根死了，树也就死了。那么庞大的树，活得就是这个见光死的树根。

而榕树的根，和这个很不一样。它们是在树枝上长出的。

树枝上长叶子，也长树根。

从天上飘下来的树根，像胡须一样，一大把，一大把，不声不响地垂着，夹杂在一群茂密的绿叶中，忽然扫到脸上，吓你一跳。它仿佛是藏在那里专门吓人的。

我第一次看到它并没吃惊，到了这个年纪，哪还有什么可以吃惊的事。

介于铁红和土黄之间，树根的颜色跟岭南的土地颜色一致。变色龙随着天气和周围环境的变化而变换颜色，是为了骗天敌。

根须是要骗谁呢？没有小虫来吃它们，农人也不会采摘它们。哦，或许是骗太阳的。它跟太阳说，我不是根，不要把我晒死。

我打量着它们，没有声张，却把这种不同记在了心里。我要尽量表现得像个有城府的人。

晚上出来散步，在大榕树下面走，感到魅影重重。有的榕树是两根主干，像一个站着的人，双手打开向上伸展着。行人仰头便看见它的腋窝。有的则是黑乎乎一团，像一个人的头颅，头发蓬松着。无数的头发，没有主次。

后来查了一下。这些树上长出的须子，确实是树根，叫作气根。

术语解释是这样的：气根，通常指暴露于空气中的根；气根多生长于热带雨林雨量多、气温高、空气湿热的地方，有呼吸功能，并能吸收空气里的水分。

它们为什么不老老实实地像其他树根一样，在地下隐藏一辈子？

莫非是从哪里得知了其他树根的苦命，要选择另一种不同的方式？莫非是不想懵懵懂懂地过活，要把去路看个清清楚楚明明白白真真切切？

后一种可能性最大。

从上面俯视，它们对地面上的事物一目了然：哪儿有草，哪儿有石头，哪儿有坏人，哪儿有动物，哪儿有虎视眈眈的威胁。当然，也看清哪儿有冒着热气的大粪，那是最好的加餐；哪儿有一个水坑，将来就指着这水坑底下的湿润了。它像一个看穿了一切的人，一个心性明澈的人，然后稳准狠地，一头扎进去。

它们终究还是要扎下去。

但又能怎么样呢？它的所谓看透，只看到了表象，看不到内里。钻到土地下面，它还是要和那些常规的根一样，遭遇同样的境况，把那些常规的根经历的事情，再重新来一遍。

岭南的树一般都开花。无论春秋冬夏，总有一种自告奋勇地跳出来，成为最耀眼的那个。凤凰木、夹竹桃、簕杜鹃、木棉树等等，此起彼伏的鲜艳。而道路两旁数量最多的榕树是不开花的，永远绿着，直到老死（但谁见过老死的榕树）。

据说其实它也有花，每年五月左右绽放，但人们几乎看不到。它把全身的营养都用在根上，用在最需要的地方。它要繁殖，要壮大，要连绵成片。它就是这么功利和俗气。

那么多条根须，几乎一般粗细，它们一起簇拥着向下冲去。你仿佛可以听到它们整齐的呐喊声。每天都能看到它们不懈地向下向下，再向下。它们相互之间是竞争关系还是拧成一股绳的关系？是你死我活，还是齐心协力？

我只知道，它们中间，能抓住土地的，只是其中极少的一两个。

我曾从野地里拣了一堆花籽，种在花盆里，放在阳光下，定期浇水，刻意营造与野地一样的生活环境。那小小的花籽，总共有几百颗，最后只长出一棵苗。谁说花草的生命力顽强？比起种一颗长一颗的麦子、玉米等农作物来，它们的成活率简直可以忽略不计。它们靠的是漫天撒网，广种薄收，繁殖出比农作物多得多的后代。很多花花草草一辈子的努力就是生产更多的下一代。

榕树的根须，岂不也是这样？

天不亡我。它们中间总有一个冲破千难万阻，成活下来，成为幸运儿，更成为承担者。它的生命力来源于天上，来源于整个家族。而家族的重担，也都将压在它的肩膀上。

侧目繁茂的大榕树，那偶尔扎到地上的根须，像一根绳子，绷得紧紧的，青筋暴起，竭尽全力，一刻都不敢松劲。它渐渐变粗，最终会成为树干，支撑起大树的半边天，让大榕树尽可能地扩大地盘。在闽南某地，我曾见过一棵几乎覆盖了半个村子的巨型榕树。这是那一株株气根经年累月打下的天下。

它要尽一个长子的责任，像个兢兢业业的男人，勠力前行。

垂在树干上的根须，在风中荡来荡去，好像浪荡子。小时候在农村生活，见过一些这样的浪荡子，他们不安于好好种地，心思飘忽，在乡村和城市之间走来走去，神龙见首不见尾，被视为村庄里的不安定因素。后来，他们终于在城市里扎下了根，也成了家，把父母接到城市，开着车回乡探亲。

没人知道他们吃了多少苦，也懒得去问。他们自己也不说。

我常常觉得榕树在城市里生长，是生错了地方。城市的树下，都砌着一圈方砖，把一整棵一整棵的榕树关在一个四四方方的空间里。那是它的笼子。根须往下面打量的时候，会心生犹疑，这怎么回事？怎么钻进去？

如果在广袤的土地上，它就没有这么多顾虑。尽管有各种花花草草的争抢，但找一块合适的地盘扎下去，还是不成问题的。它们要自由得多。

但它们已无法从城市里逃掉。

在人行道上走路，不小心会被绊一下。仔细看，原来是树根把道路顶起一个包。仿佛一条困在地下的虬龙，用力地，持续地拱着脊背。它长时间地保持一个姿势，憋得脸通红。

厚厚的地砖，柏油路，都呈不规则的断裂状，像一块玻璃摔在地上，但还没有摔碎，粘连在一起，又四分五裂。

莫非是根须到了地下发现自己受骗了？要逃出去？

还悬挂在树干上的那些根须，见到了先行者的疼，也似乎见到了自己的疼。它们依然义无反顾地向下扑去。

榕树下的那些人，他们一小口一小口地抿茶。茶杯比北方的酒杯还小，还薄。当然，他们可以打麻将、“斗地主”，或者放一张躺椅，懒散地靠在那里睡觉。那是他们自己的地盘，他们想怎样便怎样。但我觉得他们最应该做的事就是喝茶。

他们一边喝茶，一边叽里呱啦地说着本地方言。方言有广府话、潮汕话、客家话或稍远的闽南话。但我觉得他们最应该说的是客家话。

我听不懂客家话，什么方言都听不懂。我这个来自北方的人，也许一辈子都是他们的陌生人。

被称为土著的客家人，也是从北方来的，据说他们才是真正的中原人。这些几百年前就风尘仆仆赶来的人们，他们被当成陌生来客，被排挤，被欺压。他们要抗争，要自我解释，要自我安慰。现在终于成了地地道道的主人。

他们的根，本是在天上的，现在终于落到地上。

什么样的根最后都要回归大地。

如今，我们这些“外人”又成了来客，打乱他们既有的节奏。像当初的他们一样，找到一块空间，见缝插针地扎下去。我们这些在天上飘着的根，最终也要像几百年前的那一批人，从彷徨中走向镇定，并把他们的故事重演一遍。

就像那些在空中飘荡的榕树的气根。

# 金黄铺就春天

春天来了，叶子也该落了。

深圳的树叶从钻出来那天，可能就没想到有一天会落幕。树皮没有告诉过它，枝干没告诉过它，它自己也无须瞎猜。

气候多么温润，空气多么体贴。在这样的天气里谁还好意思凋落，好意思想到死亡。如果有人跟你谈起死亡，你会觉得那是一个很尴尬很遥远的话题。为什么无缘无故谈这些呢？跟春天有仇吗？

安安心心地过日子好了。

密密麻麻的树叶也会被虫害侵扰，被风雨催逼。这一辈子怎么能不遭遇点挫折。

平时都是微风细雨，基本上一个晚上就结束了。第二天醒来什么都没发生，就像人做了一个梦。人都可以有噩梦，何况不能行走的树。好在第二天响晴白日，昨天被风雨敲打的痛轻易就抹平了。

也有刮台风的时候，是北方人想象不出来的那种狂暴。云山雾罩，囊括了整个天地。广告招牌、树枝、轮胎、西瓜、雨伞，都被吹得满地乱跑，惊惶失措，迷失了自己的方向。咔嚓一声，树叶随着树干掉落在地上。被太阳晒上几天，失去了水分，死掉了。跟没有边际的、依然站在树上的亿万片叶子比起来，这些损失只是一小部分。大海中的小磷虾，被鲸鱼成吨地吞吃，也没影响它们一代代繁衍壮大。台风一停，一切又重新开始。

这时它们不会有什么怨恨，它们失去了亲人。但亲人太多了，剩

发生在春天的凋零，可以让新生多一点警惕（欧春健 摄）

下的，依然相互依偎。悲伤持续不了多长时间。诗人说时间可以抚慰一切，而在深圳，对于这些树叶来说，温度可以抚平一切。

悲伤、忧虑、惊惶、恐惧、抑郁，都因恰当的气温而变成柔顺。

它们经过了一个暖暖的春天、酷热的夏天、晴和的秋日，然后是一个暖暖的冬天。冬天最冷的时候也不过十来度，而且只持续几天。新的春天马上开始了，它们像昨天一样睁开眼睛，在鸟鸣中迎来清晨。

只一年时间，它们就经历了人的一生。它们习惯了日出日落、汽车尾气。习惯了偶尔的暴烈。见过了世面，它们心态更平和了。那厚实的、油汪汪的叶片，让它们显得朴拙、凝重。它们在树枝上扎得更深入，粘连得更坚实了。一阵风来，抖一抖肩膀，没事一样。

什么凋落，什么枯萎，它们的字典里没有这些字眼。

在深圳，凋零并不是新鲜事，每时每刻都在发生。一年四季，鲜花无所顾忌地开放着。红与绿，紫与蓝，黄与白，眼睛被绚烂得都要麻木了。那些艳丽搭建了一个高高的廊檐，人在花丛里行走，沉湎于花的香与甜。如果你想醉，随时都会醉去；如果你想睡，也随时可以安稳地睡去。但那么多的花，如果只长不消，人早晚被淹没。“被鲜花淹没”这么一句诗意的话，也能变成灾难。它们泛滥而来，进了你的房间，占有了你的餐桌，上了你的床，堵塞了你的呼吸，阻挡了你的道路，你就无路可走，无处投奔。

但你去年看到的和今天看到的，是同样多的鲜花。新的鲜花开放了，旧的那些鲜花都去了哪里？

它们一定是凋零了。只是它们的凋零很浅显，轻轻地落到土地上，被清浅的泥土埋掉了。它们走的时候没有大声喧哗，也没高声喊痛，而留下来的花也没有大惊小怪。

一成不变的鲜艳掩盖了浅显的凋零。植物们按部就班，各安其位，各自绿着或者鲜艳着。

在这个与往日没有任何不同的春天，叶子们一夜之间都黄了。教科书里说，春天是万物复苏的日子。深圳的植物们不会理解。为什么要在春天复苏而不是其他季节？已经醒着了，为什么还要复苏？它们一如既往地绿着，无所事事，享受着晴和的阳光。

也不知道那天晚上有人跟它们说了些什么，它们好像一起顿悟了。

能在一个晚上，说服这么多叶子，必须要派出多少只鸟，多少只虫子，多少支队伍，需要怎样的动员，这些都无从晓得了。通过这件事，我们明白了季节竟有如此大的能力，有人类无法预知的神秘法术。只一个晚上的时间，叶子们达成了共识，统一了想法。

第二天一早，树叶纷纷从树上跳下。它们头也不回，似乎也没有认真地告一个别。

两三天时间，它们几乎全部落下来。偶尔一两片还在树上飘摇着，也许是没彻底想明白，也许被绊住了脚，但内心的急迫是显而易见的。它们摇头晃脑，扭动着身子，一副要摆脱什么的样子。终于在第四天，它成为落下来的最后一片叶子。

有的树叶第一次没有跳到地上，而是落在了枝丫上、车顶上。它不甘心，跃跃欲试，等待着风把自己吹下去。在树上，它们拥挤在一起。到了树下，还要在一起。飘落在远处的那一片叶子，独自张望着，它的内心该是多么伤悲。

由绿变黄，看似无奇，想想却是要经过多长时间的酝酿。一个人由帅变丑，由年轻变衰老，由精瘦变为肥胖，都是一个好漫长的过程。叶子们一夜之间就变了颜色，暗地里使了多少力气。来自天空的劝说固然很重要，自己的努力也是一方面。世上没有任何一个水到渠成的事儿。人变衰老也是要经过努力的，由绿变黄岂不更需自我加压？

落叶的季节，街上经常传出一种奇怪的鸟鸣。鸟鸣一般集中在早晨，属于群体行为。天刚刚亮的时候，整个城市都是此起彼伏的鸣叫。有点像农村的鸡叫连成片。这种鸟却是下午和傍晚的时候大声鸣叫，孤零零的，是一种很单调的声音，只一个音节，听上去好像是“好”“好”“好”。不知道这种鸟的名字，也不知道它为什么要这样欢呼。

单看某一片叶子，个个脉络清晰，恰似盛开的手掌，伸出来就没有打算再攥回去。它就那么舒展着，好像一个哲学命题。

枯黄的叶子带来了天上的消息。虽然只比地面高出几米十几米，空气还是那些空气，风还是那些风，其实仔细想想是不一样的。姚明和曾志伟看到的是两个完全不同的世界，他们的世界观、爱情、饮食习惯、想法，都因这看似微不足道的差距而大不相同。何况树上树下有十米几十米的距离呢。一片在高处站那么长时间的叶子，对外物的判断已经是另一种境界了。当它落到地面的时候，发现世界整个都变化了。它要把曾经看到的一切，在这个新的地方，向新的同伴讲述一遍。新同伴包括蛇、蜈蚣、蚂蚁、共享单车、一只偶尔从自己身上踩过的脚。它们与天上的鸟、白云、翻飞的塑料袋是不一样的。黄叶要耐心地做一个陈述者。

看，这是一种怎样的场面？成千上万的叶子。这条马路上好像只有叶子。空中飞舞着金黄，地面堆积着金黄。从人行道的这头看过去，满眼的黄，一望无际。偶尔经过的一两个人显得那么渺小，巨大的金黄的背景，把主角完全淹没了。它们不用强力，只动用自己的颜色就够了。颜色也是力量。这浩渺的金黄里面带着无数个来自天空的想法，神谕一般。它们离阳光更近，是阳光的信使，是另一个世界的搬运工。它们一起努力，似乎只需很短的时间，就可以改变地面上原有的渺小、狭隘、冲动和狂傲。

这是一幅单纯又耀眼的画面，路人都忍不住停下来拍照。那些落下的叶子纷纷张开嘴，赶紧把要说的话讲出来。人们听到满世界发出窸窸窣窣的摩擦声。那么悦耳的声音，人们当成了歌唱，而不是提醒，或者交流。

第二天早晨，这条长长的金黄地带完全消失了。

一个步履蹒跚的保洁员，手持一把硕大的扫帚，推着一辆铁板车。他低着头，一下一下地清扫着，发出“唰啦”“唰啦”的声响。无数片叶子全都聚集到他的手推车里，互相推搡着，扒着车沿儿无奈地看着外面，仿佛被无辜装进囚笼里的犯人。

保洁员把它们推到附近的垃圾场，一根火柴，一股浓烟直冲云霄。烟雾冲向更高处，比叶子曾经生长和落下的地方更高。经过树枝时，看到自己掉落后留下的小疤，已经化为烟尘的它们心里会想些什么？

它们带来的消息已经随着它们的燃烧而烟消云散，重新回到天空。貌似强大的阵营，说消失一下子就消失了。干净的地面露出鲜亮的柏油黑。

仅仅一个年迈的老人，就轻松把它们处理掉了。老人不知道自己做了什么，他只是以此换取一些微薄的收入。

到了夜晚，金黄又铺下来了。这新落下的金黄，再次被扫走。一直持续好几天，直到再无新的叶子落下，马路恢复了往日的宁静。

即便在金黄最丰满的那几天，这个城市也没显萧瑟之态，更没被凄惶笼罩。绿色依然像河流一样流淌在这城市中，毫无悬念地浇遍这个城市每一个角落。绿色庞大而坚硬，不容触犯。凋零只是这个季节的插曲。尽管这与北方的情景殊异，却也不显得突兀。发生在这个城市里的一切都是正常的，人们都会欣欣然接受。

转回头看人行道上的一棵棵树木。大榕树有两个杈，一根上面是满满的金黄色，一根上面是耀眼的新绿色。那嫩嫩的新绿，像水洗过了一样，像刚刚钻出壳的小鸡，你仿佛能听到它们叽叽喳喳的欢叫。

凋落和萌发在同一时间内生成，自自然然地各自沿着自己的路径行进。树上的新绿低头就能看到地上的金黄，但是它们不低头。它们一起抬头望天，看到了滚滚而来的白云。它们被广阔的天空吸引了，无暇低头。它们沉浸在对美好未来的憧憬和期待中。

# 宝安公园里的一片叶子

一片叶子醒来得应该比人早，而公园里的叶子醒得可能比外面的叶子更早一些。是它们醒来等晨练的人呢，还是晨练的人吵醒了它们？叶子不说，没人知道。

所有的叶子醒来后，林荫路就弥漫着一股清香。如同擦身而过的少女，人走远了，香气还停留十几秒。现在，是数不胜数的少女站满了路边和远处的山坡。

每个城市有每个城市的气味，深圳的气味就是植物的气味。结合了夏日的潮气、秋天的爽气、深冬的寒气，还有略微的人的气息，笼罩着整个城市。一下飞机，闻到这股味道，心思马上柔软了：啊，深圳，我回来了。

公园则是植物气息的集大成者。无数的植物呼出的废气，是我们的氧气。氧气可以醉人。

林荫路上的每个人，都有一点醉意。

前几年，有位地方官员曾提出，在深圳，要做到无论晴天下雨，不打伞走遍全城。这个目标，在宝安公园其实已经基本实现了。

漫山遍野的深绿浅绿黄绿，一阵风吹过，应该是树叶哗啦啦作响。但错了，只是一点小凉快而已。树叶肩并肩挨着，密得转不过身。

三个层级的感受：

树。

好多树。

都是树。

就像一个人面对着海，只能说，啊，好大的海。

如果你能叫出它们的名字，就完全不一样了：黄金香柳、黄槿、台湾相思树、阴香、铁刀木、马占相思、桃花心木、南洋楹、糖胶树、大叶紫薇、腊肠树、小叶榄仁、尖叶杜英……

那些密密麻麻的树，原来都是自己的朋友。

陌生有陌生的好处。很长时间里，我刻意不去看树干上挂着的蓝色标牌，抱着新鲜感一天天见到它们，不厌其烦。只知其形，大同小异的形，不得其名，便以为它们是孪生兄弟。我用手机拍下它们，发到微信上，让朋友们猜，自己并无答案。有个笔名叫王小二的女孩子，在图书馆工作，竟然一一说出来。后来，这个女孩子消失了，据说闭关学习呢，可能过几年再冒出来。深圳颇有些这样的人，说再见，一下子就不见了，那些常来常往者，也不怎么关心他或她的去向，甚至提都不提。忽然又一天，他或者她回归了，就像从没消失过一样，大家一如既往地和他或者她来往。



人情冷漠吗？也许。在故乡小城，多少人盯着你。关心是关心，更是束缚。在这里，多么自由自在。

有一种木本植物，几乎没有叶子，都是光秃秃的枝干，长得七扭八歪，忽而指向天空，忽而圈成一个圆，忽而冲出树林，拦住行人去路，随意得简直让人想打它。这种状貌，随意出了心性，便是艺术。刻意为之，还长不成这个样子。

路边最多的是滴水观音。滴水者，翠绿欲滴，尚可理解；观音者，不知为何。一张叶子，比荷叶还宽大，却少了一只趴在上面的青蛙。据说滴水观音有毒，家中若栽种，还需看护好小孩儿。

大叶子的，还有芭蕉。在北方时听音乐《雨打芭蕉》，这四个字的名字好有诗意，仿佛看到叶子和雨水在滴滴答答地谈话。其实芭蕉也是有果实的，比香蕉小，超市里有卖，感觉比香蕉筋道一些。

无论草本还是木本，都开花。

比如，三月是木棉花的季节。大朵的深红的花高挂枝头。用手机怎么都拍不出它的鲜艳，也许离得太远了。走着走着，一朵木棉“啪”的一声落在你的脚下或者你的肩上，吓你一跳。

我写过一首名为《木棉》的诗：

通红的，硕大的，鲜艳的
我在北方时没见过
也不知如何把它介绍给故人
那是挂在遒劲枝干上的
热烈的耳朵

它上面的
高高的，白胖的云彩
故人是见过的
轻轻飘过
什么也不听
也不说，也不答

五月则是凤凰花。同样是红，凤凰花更绵密，更耀眼。一片一片的红云，绚烂了晚霞。二十多年前的毕业季，听郑智化的《凤凰花》，凄惶涌上心头。自此，心中的凤凰花总带有淡淡的忧伤。直到见到真正的凤凰花，只剩下欢欣。

冬天是紫荆花。在路边搭成紫色的花棚。远望，每一瓣都一样；细看，每一瓣都摇手说不是。

还有粉红的簕杜鹃，又名三角梅，是深圳的市花。常绿性攀缘灌木，被园丁种在花盆里，就是小树；捆在树干上，就是花冠。

每个季节，每个月，每一天，都是花朵的狂欢日。这个月，这种植物开花了；等它消失，另一种又开了。仿佛村子里春节放烟花，此起彼伏，绵延了一年四季。总有一款适合你。

它们好像也不太看重季节，反正就是睡醒了吃，吃饱了睡一样，没心没肺，开了就落，落了就开。

那些花和叶，即使在同一棵树上，同一株草上，也显得突兀。小朵的花，像是谁随手扔了一把，洒在绿叶间；大朵的，则像摔在叶子上的一摊，插在叶子上的一捧。花和叶，各自都努力地向上。硬凑到一起，又都要把个性舒展出来。

你几乎看不到凋零。落在地上的花，还那么理直气壮，跟在树上一样，活灵活现地平视你。直到一场雨把它冲走，或者清洁工将它扫走。



人到中年，从东北到岭南，心里多少有点凄惶。

动身南迁之前，特意买了深圳地图，还在网上反复搜索单位附近的建筑。

单位，生硬又老气的两个字。夹杂在一个个楼盘、公园、商场中间，就有了体温。

邻近的公园真多啊。宝安公园、流塘公园、西乡公园、布心社区公园、灵芝公园、新安公园、平峦山公园、铁仔山公园……这挺好，锻炼身体方便了。

前四个最近，彼此相距一两公里。完全可以给外地人讲，我们在公园中生活。

公园大多袖珍。布心社区公园，其实就是一片稍微大点的绿化带。植物高低错落，放了几个雕塑小品，摆上几张石凳子，留出市民活动的

在宝安公园遇到一个和我对视的人。他不知道我是谁，我知道他是谁

空间，就叫作公园了，有点螺蛳壳里做道场的感觉。

西乡公园在西乡街道办事处正门对面的大广场上，广场旁边有几块绿地。曾有过疑问，西乡公园包括广场吗？还是广场就叫作公园？

流塘公园则是个小山包，上面种满了树，因位于流塘村而得名。上去转过一圈，最多半个小时就能走完。好像疏于管理，厕所很脏，似乎很长时间没打扫了。就凭这一条，我也不想去了。偶尔从公园旁边的前进路边走过，可以听到几个苍老的男声在那里唱“为了谁”，他们声嘶力竭地唱着，伴奏声嘶力竭地拔高。

土地太宝贵。宝安，这个一度厂房林立的工业大区，能见缝插针地挤出一百多个公园，已经很不简单。

相形之下，宝安公园体量巨大，配套完备，位于老城区，堪为公园中的老大哥。

东侧紧邻着广深高速公路，透过树林的缝隙，可见一辆辆汽车飞驰而过。树叶们伸出一只只手，把噪音婉拒在外面。

西门是正门，紧邻着公园路。龙华区也有一条公园路。深圳的重复地名很多，建设路、创业路、同福路。据说“教育路”有九条之多。后来说是要改，也不知道改了没有。发展之初的各自为政、野蛮生长，培育了深圳。如今要统筹起来，也好，也不好。

公园门口的大王椰高高地绿着，叶子稀少而粗壮，把天空撑得更高更远。有的叶子干枯了，要赶紧铲下来。自然脱落的话，有可能把人砸伤。

入门后是两片好大的草坪，接着天，连着地，夹着绿压压的树林。小孩子在那里吹泡泡，互相追逐嬉闹。成年人在放风筝。风筝会在天上打架，纠缠在一起。这种场景，我会想起《论语》中一个著名的描述：“莫春者，春服既成，冠者五六人，童子六七人，浴乎沂，风乎舞雩，咏而归。”

很多地方的公园，草坪只能观赏。浪费那么大一片土地，让人们看草，实在想不通。在那些发达国家，草坪就是用来践踏的。选择耐活一点的品种就好了。人们和大自然还是要近一些，再近一些。

二十多年前就定居宝安的张伟明先生说，当初选择住这里，就是因为离宝安公园近，每天可以随时爬山。

嗯，宝安公园本质上是一座山。围绕着山，是腰带一样的一条环山道，每天都熙熙攘攘的。人们可以不必转圈地流淌，碰到一个出口就流出去一批。一条条的小路，沿着台阶走向高处、远处。它们有着好听的名字：梅园路、桃源路、竹海路……通向永安门、春蕾舞鹞景区、知趣园、兰香幽谷景区、荔景广场等。一个个的小型健身广场，有人在那里坐着聊天，有人发呆，有人做稀奇古怪的事情，比如围着一棵树绕圈子。

如果像观音菩萨一样站在高空往下打量，宝安公园环山主道之外，是一个四通八达的微循环系统。还有两个湖，像两只眼睛，一个长在南门，叫钟灵湖，附近有五彩飞翠景区、赏翠亭等；西门附近，有一个聚宝湖。

其他的诸如听瀑轩、玉泉、听涛亭、观海亭、览胜台等，一下子把公园点燃了。绝大多数游客根本不知道这些名字，也不关注。他们年复一年地进来，出去，光阴在宝安公园里悄悄流逝。

从山脚下走到顶峰，出一身透汗。被山风一吹，干了。黏糊糊的感觉瞬间变清爽。

峰顶是一个小世界。有洗手间，还有一个超市，卖雪糕、点心和各种饮料，平时好像不开放，只有周末人多的时候才营业。似乎也不为挣钱，只为方便口渴的人买瓶水。有一次，居然看到一队老人在打太极拳。这么高的地方，他们怎么爬上来的？

周末的宝安公园。周围的居民把这里
当成自家的另一个客厅

站在观景台上，可以俯视附近所有的小区：上合新村、布心村、庄边村、宝安新村、天骄世家、富盈门、丽景城、上华村……

这是宝安老城区。2010年之前，这里是关外，属于深圳管辖，但还不算是深圳。最早的时候，有铁丝网挡着，边防部队守卫着，进关要拿通行证，宝安人把入关叫作"去深圳"。深圳特区只包括罗湖、福田、盐田、南山四个区。而深圳特区最早就是深圳镇——宝安县下辖的一个镇，罗湖和福田都是自然村。深圳的原始积累是外来加工业，很多工厂在关外，也就是宝安。借改革的红利，人口不断流入，海水一样稀释了原住民，淹没了原来的稻田、荒地、河沟、山坡、坟地。一个个成熟的生活社区，天老地荒地矗立着，其实总共不过才二十多年时间。闯荡者尚属于第一代。等第二代、第三代成长起来，阶层固化，那时的深圳会是个什么样子？

商业小区、农民房、机关单位、学校、超市，似乎分辨不出谁是谁，却毫无违和感。我到宝安很长时间后才注意到隐于其间的工业园。看上去，都是一座座紧挨着的楼，恰如闯荡深圳的人，匆匆忙忙地混杂在一起，没什么身份的区别。近看，门口戒备森严，保安要检查每一个出入者。

我刚到深圳第一年，妻子带着女儿来看我。她在长春给女儿买了一支儿童牙膏。我一看生产地址，深圳市宝安区西乡街道固戍社区，离我的住处不过几公里。

只有下班时，人潮涌出大门，穿着统一颜色、统一模式的工装的女工们，像水一样流散到附近的快餐馆、农民房、廉价市场，你才知道那是一个规模不小的工厂。我总感觉到人潮里的她们面目模糊，像机器一样。有一次在夜市见到两个女孩儿坐在台阶上喝鲜榨甘蔗汁，她们逼人的青春气息从灰突突的工装下喷薄而出。她们的笑是生动的，也许没有我想象的那么无助。这个世界上，谁是可怜人，谁有资格可怜别人？

厂区门口一般都有一块小黑板，贴满了各种真真假假的招工广告，对学历、性别甚至年龄都没什么要求，四十五岁或者五十岁以下都可以。在这种城市里，只要不懒，混个温饱是没问题的。

早几年，从观景台上极目眺望，房屋还是低矮的。现在楼群越来越高，越来越像一个大都市了。那个名为中洲中央公园的小区，2015年房子最高价曾飙到三十多万元一平方米。后被管理部门约谈，降到二十多万元。据说其实那个小区均价是七八万元，其中一套之所以卖这么高，是为了提高均价，让居民产生财富增值感。跟外人讲起来，“我们小区的房子三十万一平”，感觉自己的身价也被提高了，与有荣焉。其对面的上合新村，也是高楼大厦，从外表上看，差不到哪里去，价格却减了一半。这是村委集资楼，原则上只卖给本地村民，也就是传说中的小产权。深圳颇多这样的“小区”。二十世纪九十年代，农民集资盖楼房还被当成“洗脚上楼”的典范。现在随着“农民”这个词汇的消失，忽然变得不尴不尬起来。

宝安公园的东边，隔着广深高速，是一个神秘的别墅小区，叫作曦城花园，隐藏在茂密的树林中，里面的业主非富即贵。一次和朋友经过那里。朋友说，他的老乡是个商人，为深圳各大饭店提供食用蛇，当然也挣黑心钱，比如给蛇的身体里注水增重之类的。曦城花园刚刚销售时，他一口气买下七八套别墅。后来他得了重病，还没咽气，几个子女为分财产就在病房外打起来。朋友感慨，挣那么多钱有什么用啊。

这样的感慨在深圳似乎很常见。

登上观景台每看一次，视野就小小地变化一下。眼睁睁见证一座城市的成长，内心却并不丰盈。

公园还是舞场。广袤的土地上，你似乎很难找到一个没人跳舞的公园。

其实宝安公园里跳舞的人不止三伙儿。正门的小广场上就有一伙儿，每天早晨和晚上都准时开跳。有几个同事都在那附近住，听他们说很吵，邻居们没少投诉。环保部门也来查过，在广场边上放了醒目的“分贝不得超过××”的警示牌，还有“请不要打扰别人”之类的温情提醒。法律牌和道德牌同时打。

现在好点了吗？不清楚。

在他们上面几层台阶，还有一块更小的空地。这个比较高档了，人们在这里跳拉丁舞，又名国标舞。一个瘦瘦的男子，看上去也不年轻了，穿着黑色紧身衣，带着十几个人在那里孜孜不倦地练习。节奏感极强的音乐声中，把女伴的手高高举起，女伴随着他的手腕转动，唰，一圈；唰，又一圈。

再往里面走，有个小广场。广场旁有个小池子。这里位于公园正中央，远离居民区，声音大一点也无所谓。道路两旁是两个不同的团体，跳的都是比较欢快的舞蹈。只隔着两三米宽的道路，各自跟着自己的鼓点跳，居然都不会跳错。这边的人集体左弯腰，酷，嚓，酷，嚓，酷嚓酷嚓酷酷嚓；那边的全体跳跃，叮咣叮，叮咣叮，叮叮叮叮叮，咣咣咣咣咣。我们见到他们的时候，大多在晚上八九点钟，灯光昏暗，有种鬼影重重的感觉。

舞者并不都是老年人，中年人为数不少。每次和妻子经过，我们都要大惊小怪地感慨一下，他们怎么都能不被对方的鼓点拐走呢？

然后妻子说，等我老了，也要来跟着他们跳。一边说一边甩胳膊，仿佛随时都要加入进去似的。

再往下，公园南门的一伙儿，属于最安静的一群。播放的音乐比较舒缓，《上海滩》啦，《荷塘月色》啦，《女儿情》啦。其实我很不喜欢这些舞者，觉得俗不可耐。但以后也许会跟他们一样。这个我自己都不敢保准儿。生活中充满了哲学。你越反感什么，后来可能就是那个样子。

在公园里总能碰到比六月的芒果还熟的人。

深圳人都爱走路。清晨散步，晚饭后去散步，老人家没事去散步，周末去散步……在北方，冬季天寒地冻，夏天也很热。不像深圳，一年四季都适合外出。最冷的几天，穿个毛衣也就扛过去了。平时一件衬衣、一件外套足够。什么时间都可以散步。

宝安公园是散步的好去处。不仅附近几个小区，连住在宝安中心区的人都开车过来。每逢周末，两个免费停车场都停得满满的。

散步的频率高，邂逅的机会也就多。

有一对夫妻，都是本地不小的官员。几次了，见到他们并肩在林荫道上散步，很恩爱的样子。据说他们没要孩子，一直住在早年分配的福利房里。

还有一个胖男孩，应该是智力有问题。眼睛直勾勾的，手臂往里面蜷曲着，腿脚也不太利索，但走路很快。我们一圈还没走完，人家已经兜了一圈再次遇到我们了。

几位老人，都带着微型录音机，里面大声放着粤剧、豫剧或者秦腔什么的。人走到哪里，戏曲响到哪里。一听播放的内容，大致就能猜出他的老家是什么地方。但也有人播放《在那桃花盛开的地方》，一个时代的符号，这就不好分辨了。

开始时，我和妻子是要慢跑的。都是我先跑一段，累了，在前面喘着气等妻子。妻子见有些人倒着走路，对我说，你也倒着走吧，我给你看着路。据说这是很好的健身方式，但好在什么地方，我不清楚。跟其他事情一样，就是随大流，大家都在做的，就是安全的。我倒着走上几十米，两条腿越来越不协调。

跑步，跳绳。几次过后，膝盖隐隐地疼，脚踝也疼。问了一下百度，方知膝盖疼是我们这个岁数的常见病，而且膝盖黏膜损伤了就再也无法修复。不要以为走路、跑步就是健身。想想，身边已经有不少人因为经常爬山导致膝盖受损。看他们一瘸一拐的样子，好难受。

深圳的孩子真多。环山路上，大人牵着孩子。大孩子推着手推车，手推车里有个婴儿。有的才三四个月，小得像一团粉色的肉包子。还有双胞胎，穿着一样的衣服，男孩子白白净净，女孩子留着齐耳短发，说一声跑步，就一起跑起来，尖叫声在风中传出老远。

年轻人多，孕妇多，孩子多，这都是有连带关系的。在公交站点候车的时候，身边都是新鲜的面孔，空中飘着新鲜的气息。拥挤在地铁车厢里，我们这种四十多岁的人几乎是最老的了。有一次好不容易碰到一个比我们年龄大的，妻子还特意指给我看。小区里，超市里，腆着大肚子的孕妇随时见。广东人多子多福观念重。原先计划生育的时候，都想方设法多生，现在有了政策，更要生。无论走在什么地方，总能听到小孩子各种方式的哭叫声。

我欣喜于这种现象。年轻人和孩子是一个城市的远方。他们长大了要提供劳动力，要消费，要买房。目力所及，可见这个城市的欣欣向荣。

我和妻子在宝安公园散步的频率越来越低。主要嫌人太多，心乱。外面有的是路，同样的树荫，同样的花香，就不必到最热闹的地方去凑了。

岳父还是喜欢到宝安公园，似乎人越老越喜欢热闹。他自己动手，做了一支巨大的毛笔，每天拎着一个空的矿泉水桶，到公园的水管旁接满，用毛笔蘸水在石板路上写字，就像最普通的老人那样。

去年五月份，我在杭州出差，中午的时候忽然接到电话，说岳父出了车祸。所谓车祸，其实是在公园里被人撞了。这有点蹊跷，公园里是不让进车的。

这种植物长得非常扭曲。我一直不知道叫什么名字，也不想去打听，担心叫出它的名字会惊扰了它

后来终于问明白。一个十六七岁的半大小子，从公园门口偷了一辆别人的自行车，不知怎么骑到公园里来了。也许时间太早，保安没注意到。他沿着环山路一路骑过来。那是一辆在年轻人中非常盛行的“死飞车”，没有车闸。半大小子迷路了，自己又控制不了车速，沿着大下坡，朝散步的人群冲过去。岳父清晨正在公园里散步。他一直靠着路边走路的，不料正被撞在后背上，当时就昏迷了。年轻人也从车上跌下来，被其他散步的人拦住，并报警。警察和公园的保安都来了，将老人送到医院。年轻人被带到派出所。我后来看了路人当时用手机拍下的照片，那个孩子半蹲着，惊慌失措地抱着躺倒在地的老人。周围的人表情各异。

我匆匆忙忙乘飞机回来，赶到医院。岳父已经苏醒，虽然受伤不轻，所幸无生命危险。医药费和住院费花了三千多。

派出所暂扣了那孩子的身份证，让他去筹集医药费。那孩子估计也吓坏了，他说自己是湖南人，父亲早逝，母亲改嫁，从小在大伯家长大。大伯家孩子多，也不怎么管他。他现在跟着一个远房亲戚在汽车修配厂当小工，身上没钱。给一个同事打电话。同事来看了一眼，说跟他不熟，不肯借钱给他。后来我和妻子看岳父恢复得还可以，就把他接回了家。同时给警察打了电话，说明了情况，如果孩子回来，把身份证还给他得了。警察说，你们家是好人，替那个孩子谢谢你们。此后，我们再没见到那个孩子。但我们找了公园管理处。既然公园的门口明晃晃地写着不允许自行车和宠物入园，那孩子骑车闯进来，公园应负管理不力的责任。其实我们也有点纠结，又担心管理处追究当天值班的保安。

很多初来深圳的人，都是从保安做起的。我身边有一些作家、诗人、画家、商人，甚至公务员，都有过做保安的经历，可能是保安技术含量低，需求量大。我在峰顶跟一个郁郁寡欢的保安聊过天，听说他们一个月也就两三千块钱，每天起早贪黑巡逻，拿着防暴铁叉来来回回走着，也怪不容易的。

何止是保安，每个人都该得到尊重。

跟公园管理处交涉时，基本没费什么口舌。他们坦然承认了自己的失责。其实他们在保险公司买了意外伤害保险，跟保险公司联系了一下，很快就把医药费打到了我们账户上。

人这一辈子避免不了一些小意外，不是你想躲就能躲开的。实在无法躲开，也尽量让所有介入的人，受损害都小一些吧。有什么办法呢。

躲藏在枝丫后面的植物，还有很多是我看不到的。而公园里来来往往的人中，有些就是擦身而过，也懒得去注意。

比如那些清洁工，稍微留点神，就会看到他们在一刻不停地清扫着。游客还是很文明的，地上少见垃圾。他们主要是清扫落叶和败枝。在这个看似常绿的城市，一年四季也都有叶子悄悄枯黄，飞离它亲爱的树。尤其春天的时候，请注意，是春天哦，落叶纷飞，一层层落在地上。他们就更忙碌。

还有花匠，要修剪草坪、灌木丛，把硕大的枯叶从棕榈树和大王椰上铲下来。要种植、移栽花朵。他们和那些植物几乎是一体的。

干这些活儿的，几乎没有年轻人，清一色的中老年大爷大妈。他们穿着绿色工装，戴着岭南特有的斗笠。另一个时代，通过这种奇怪的方式和今天接上了头。

被忽略的还有小动物。安静，仔细听，小鸟在争先恐后地鸣叫。顺着台阶，越往上走，叫声越纷繁。

它们一辈子都在比我们高的地方，觅食、生产，忙忙碌碌，似乎又无所事事。它们风餐露宿。暴雨袭来的时候，连把伞都没有，注定被淋湿。

隐藏在树叶中的蝉，一到夏天就嘶哑地叫个不停，都是一个调子。

它认定自己在很严肃地发表言论，行人走过，只感到聒噪。

还有蜥蜴、花鼠、天牛和螳螂等。在草丛边见到一只蜥蜴，走走停停，好像在想心事，对匆匆走过的人们视而不见，一副傲慢的样子。这是它的家，它把我们这些行人当成讨厌的闯入者了。

随处可见各种标语。“森林防火，人人有责”“水深危险，请勿戏水”“青草依依，请您爱惜”“请勿吸烟”。但最不同的是“注意防蛇”，几次出现在比较显眼的位置。还有一处是比较详细的温馨提示：“夏秋两季是蛇、虫出没的高峰期。它们一直都藏身在树林、草丛和竹林中，请游园登山的游客做好防范措施。游园时切勿靠草丛边行走，确保游园安全。”如果不是这些提示，我不会想到里面有蛇。有了这些提示，好像公园里随时都会有一条蛇窜出来向我叫嚣。报纸上也确实刊登过这样的消息。一个晨练的妇女在草丛边走，突然被毒蛇咬伤。其他路人迅速施救，其中一个用嘴去吸那个人腿上的毒，为伤者获救赢得宝贵时间，“上演了一幕可歌可泣的感人故事”。本土的微信群里，时不时有人转发毒蛇在草丛里“唰唰”游动的视频，说是“某某公园里发现了蛇”。但很快就有人出来辟谣，说很明显这是南美洲一带的蛇，本地没有。随即又有人更正说，本地是没有这种蛇，应该是放生者干的“好事”。接着有人说，这都是好几年前的视频了，小心告你们传谣哦。

但管理者是不敢掉以轻心的。端午前后，路边沿着草丛会出现一道曲曲弯弯的黄线，那是园丁们洒下的雄黄；随处可见一根红色的绳子拴着一个小巧的塑料包，吊在树干上，风一吹，铃铛一样晃来晃去，包里也是雄黄等驱虫药品。这时候你就会不由自主想起白娘子。

在三言二拍中，白蛇是一个不折不扣的妖怪，像白骨精一样专门出来害人的，法海则是不折不扣的正面人物。后来改编成爱情故事，法海成了反面人物，害人的白娘子成了让人同情的爱情主义者。

平静的宝安公园，熙熙攘攘的人，都是故事。我从里面走过，或从外面随便看它一眼，都看到大幕又一次悄悄拉开。

**多年**以后，他们在某个饭桌上讲起自己的**故事**，在某个梦中惊醒，摸着自己**受过的伤**，都不可避免地点燃城中村的烟火气息。那些炒米粉、烧鹅、卤味、**白切鸡、八刀汤**等等看上去很普通的东西，不声不响地都成了拼争的**见证者**。

第三章

# 你猜，我在街上遇到了谁

# 路过73区夜市

那个颠着大勺的师傅，额头上沁出亮晶晶的汗水。火苗子呼呼响着，他的臂膀一抖一抖，似乎使出了浑身的力气。铁勺翻飞，香味随风四处弥漫。也就一两分钟时间，等把食客的食欲彻底勾上来，“唰”的一声，炒粉倒进盘子里，热气腾腾地端到那个已经等不及的人面前。

这位厨师一个晚上能做五十个炒粉吗？好像有点悬。就算能，一个炒粉净挣五元，他也就是二三百元的收入。

但在干活儿的时候，你可以感觉到他已经不在乎钱了。他就是要颠勺，就是要表演，要让观众为自己叫好，感动，涕泪横流。

接过钱的瞬间，他悄然回到自己的世界。

他要过日子，要养家，要费尽力气让孩子上一个公办的学校。



路过夜市时，我看见他们。

我看见了我。

那个我，溶解在里面，像一颗细胞，在肌肤中跳动。他是一颗顺从的细胞，不会干扰其他细胞的生长，不会引起疾病。

很多人在夜市边缘游荡，有形单影只的，有夫妻两个牵着手的，有慵懒地抱着狗的。主人随时把狗放下来，在树下撒一泡尿，然后“母子”两个大大方方地继续走。

撕开形形色色的衣服，你会看到那都是些流亡的鬼。早年在故乡若混得如鱼得水，安然其中，他们不会到深圳来的。深圳最早应该就是失意者的一个无奈选择。

那些已然功成名就的人到深圳来，是因为一颗不安分的心和不安全感。只有到这个陌生之地，他们的心才能安放。

闷热，潮湿，他们彼此知道对方是相同的幽灵。他们在这里组成一个新的群体，还要和谐相处。

夜市没有统一规划。自发形成的。影影绰绰的灯光下，是禁与不禁之间的模糊地带。

这个夜市，叫作布芳路，但这里的人几乎约定俗成地称之为73区。

坐标：深圳市宝安区。

整个宝安老城区，处处挂着这样的叫法。金融街在5区。新安影剧院和老图书馆在3区附近。25区是个商业区。

阿拉伯数字本是最没有情感的物质，像塑料用品，看上去有模有样，放到嘴里嚼一下却很恶心。

但这些年，数字又变得很拽的样子，比如纽约第五大道，比如北京798艺术区。于是宝安也搞了个艺术22区。后来倒闭了。

听说当年深圳大开发阶段，宝安还有大片空地，河涌和稻田横陈于湛蓝的天空下，等待从各地涌来的人粗鲁地把它抹掉，在上面盖房子。主政者借鉴了外来的方式，把老城区的地块以数字划分，方便转让。

1区、2区、3区……依次排下去，一直到128区。

它们大致按次序相连。73、74、76区都挨着；也有的比较跳脱，62区挨着80区，69区挨着23区等。如果按部就班地去找……那你就慢慢地找吧。

外地人初来，常感到困惑。本已有某某路、某某街，后面又加一个36区，什么意思？

官方已明确表态，说这些区块跟行政区划没关系，是历史遗留问

车水马龙掩映下，夜市躲在城市的神经末梢（欧春健 摄）

题。但有些约定俗成的，也就一直这么称呼。我就经常把这个夜市叫作73区夜市。

夜市上很多摊位。几个支架，一张桌子，上面铺一块布，布在四面伸展下来，就是一个生意。

台面上摆着的，有手机壳、充电宝、数据线、贴膜等。台面后面坐着一个面目模糊的年轻人。

有人站在跟前挑选手机壳。各种型号齐全。问一下价格，并不比网店贵，而且更方便。

有的台面上摆了几个玻璃瓶。里面有绿色的小乌龟，带回家可以当宠物养着。还有小仓鼠，白白的，毛茸茸的。两个小孩站在那里目不转睛地看，久久不肯离开。

有的上面摆着胸罩、内裤、秋裤、袜子、毛巾、睡衣、牛仔裤、布鞋以及各种童装，都是居家必备生活用品。

它们或叠得整整齐齐，或故意散乱地堆成一团。行人随便翻一件，抖开，在身上比画一下，感觉合身，就买下了。摊位前本没有人，只要有一个人停下来试穿，其他行人都会围过来。

衣物很鲜艳，款式也不落伍。穿出去跟那些名牌没什么区别。反正都是穿一两年，名牌也没穿一辈子的。

关键是价格真便宜，三五块钱、几十块钱。这年头，三五块钱能买什么？

你几乎很少看到两个卖相同物品的摊位。卖蟑螂药的，即使有两个，也会一个在街头，一个在街尾。

最多的还是吃食。面饼一摞一摞地傲立着，烤蚝整整齐齐地排成几排，就像写文章时常用的排比句，一句接一句，越读越快，气势磅礴，没道理也显得有道理了。

金黄的光在香蕉的皮肤上跳动，一坨坨的香蕉，生机勃勃，可以随时站起来与行人对话。

臭豆腐、奥尔良鸡腿、麻辣串、陕西面皮、米皮……在夜晚的湿气里缠夹在一起，散发着奇怪的味道。而你买下其中任何一个，都是自己独特的香、甜或者臭。

城中村是城市的湿地，深圳尤其如此。据说城中村比例一度占了整个深圳建筑的一半。深圳房价高，全国人民都知道。城中村里有大把的便宜房子，外地人却很少知道。一两千块钱在这里也可以住得下来。如果都扒掉盖成商品房，动辄六七万元、十来万元，房租自然大涨，那些快递小哥、环卫大嫂、保安大哥、保姆阿姨住到哪里去？深圳到处都是所谓的“高端人士”，谁来为他们服务？服务费得多高？

没有了湿地，整个生态都会变异。

现在城中村已经被拆得七七八八的。

很多初到深圳的年轻人和闯荡者都住在湿地中。过几年，他们收入高了，境遇改变了，买了自己的房子，或者能租得起更贵的房子，陆陆续续离开这里。他们提起城中村，大多是怀念城中村的美食。

“美食”是他们的青春记忆、困境标签。他们在这里长大，在这里忧伤，从这里出发。

多年以后，他们在某个饭桌上讲起自己的故事，在某个梦中惊醒，摸着自己受过的伤，都不可避免地点燃城中村的烟火气息。

那些炒米粉、烧鹅、卤味、白切鸡、八刀汤等等看上去很普通的东西，不声不响地都成了拼争的见证者。

这些被记住的美食，并非被强行加盖了一个章。它们绝大多数确有其独特之处。

不起眼的小贩，他要在同业竞争中尽快冒出来，通过一点点提高自己的品质让初来乍到的食客成为回头客。他的产品微小得需要拿显微镜去照，他一天只做一件事，只琢磨一件事。这是他赖以养家的唯一手段。他有足够的时间和精力，去调整里面的一个个小细节，直到每一个细节互相咬合，彼此顺畅。民间出艺人，匠人在民间。不是他们多么有新意，而是他们必须专心做一件事儿。时间一长，他们的心血一点点滴进自己的产品了。

这也是没办法的事。天天来付账买单的人们，挣钱不容易，花钱更在意。他要让自己的几块钱花得物有所值，叮当作响。他们对价格和品质要求很高，逼着店主在必须可口和微薄的利润中间杀出一条血路。

于是，在城中村的夜晚，竞相绽放出一个个美食摊位。总有一款适合你。

我在一些小巷里尝到过不错的小吃，它们都有固定的忠实拥趸。

这些没有牌子的产品，一阵风就可以吹走，不留下任何痕迹。它们被食客写进文章，谱成歌曲，成为酒后的谈资。它们与怀念它们的人永无机会再见。



那么说，这是一个温馨而有点忧伤的故事喽。

也许吧。而这后面，是另一个司空见惯的故事。

卖方的终极目的还是挣钱。他要把味道做到最佳，让你们交口称赞。其实难度不大。你要甜吗？大量放糖即可。很多面包店就这么干的。自己在家里做的面包没有甜味，那是你不忍放糖，将大把的糖扔进面粉，不合常规，极不健康。你喜欢香，那就大量加油。反正是地沟油，成本低。你喜欢肉质松软些，各种化学添加剂到处都有卖的，只要放进去，立竿见影，比七十二变还神奇。谁说烧烤必须用羊肉？猪肉、兔肉、狐狸肉、老鼠肉，抹上羊肉味道的添加剂，轻松变羊肉。

是的，他要缩减成本。你要压价。总得找一个平衡点，双方都能接受。而监管又非常疏松，几近于无。不吃出人命来就好。久而久之，形成了一种长期稳定的互害模式。

就像豪猪一样，大家离得越近，互相刺伤就越多。身上都结了疤，谁也不吱声。

多年以后你在其他地方吃到一种相同名字的食物，却不是原先的味道。你失落，你彷徨。殊不知，新品没有地沟油，味道自然不复当年。

为什么一想到这个市场，我的记忆总是停留在晚上？

其实它在白天也是存在的。

门口有个卖馒头的，号称山东大馒头，是北方特有的那种。戗面、微黄、筋道。饭量小的，一个就够了。

小时候，吃馒头是过年的标配。现在天天过年。南方的馒头，不知什么工艺，居然能像面包一样暄软，卖相不错，口感也不错，但怎么吃都没有饱的感觉。我买过两个“山东大馒头”，吃了一个，另一个放到冰箱里，很长时间忘了吃，后来长了毛，只好扔掉。

那到底是个店面，还是个摊位？绞尽脑汁也想不起来了。

有个卖甘蔗汁的。一个手推车（或许是三轮车，总之都差不多），上面放着刚刚收割下来的甘蔗。一丈有余，青黑色，铺一层淡淡的白霜。秆头上有浓密的须子，须子上粘着晒干的泥土。摊贩穿着粗布衣服，敞着怀。我猜他是故意打扮成这样。粗布衣服比那些地摊衣服并不便宜多少，但它是农民的标识。而摊贩显然不是农民，一副都市老江湖的样子。他用锋利的刀子把甘蔗皮削掉，露出白嫩的芯，整根塞进榨汁机里。圆滚滚的甘蔗瞬间被压瘪，成了一整条渣滓。甘蔗汁从旁边一根管子里淌出来。一杯五元，一瓶七块。杯装的供客人现饮，瓶装的可以

我极少从这些街头摊位买小吃，却希望他们生意好

带回家。新鲜的甘蔗汁其实不宜存放，两三个小时就会变质。

我喜欢那种现榨的甘蔗汁，有一股青草的味道。甘蔗本质上也是草吧。一口一口地啜饮，感觉秋天在身体里渐渐长成了。

不知道什么时候，他们消失了。我特意去找，没找到。再过一段日子，彻底把他们忘记了。某一天，忽然又看见卖甘蔗汁的，赶紧买了一杯。

他们不是常摊，似乎也没什么规律。

有一天，我的车窗开关出现了问题，准备第二天去修理一下。第二天醒来，忘记了这回事，坐到车里，顺手摁了一下开关，窗玻璃似乎忘记自己已经坏掉，不声不响地打开了。彼此相安。下午忽然想起来，看了一下开关，它一副没事的样子，我也就装作没事的样子。

电影《长江七号》中，父亲从建筑工地的高楼上掉下来，活活摔死。大家去劝可怜的遗孤。那孩子说，你们不要管我，我想睡觉，等我醒来，爸爸就醒来了。第二天，阳光照到孩子的脸上。父亲睡眼惺忪地在催他，赶紧起来洗脸吃饭啊。

夜市上这些人，也是我生命中的梦境。他们随时出现，随时消失。

那么多的人，那么多的摊位，看似很强大，其实很脆弱。他们不可能抱团，一盘散沙，一个小小的政策就如风将其吹散。

鸡煲王、原味汤粉王、土鸭馆，隔着落地窗玻璃，可以看到里面懒散的客人。

更多的是在门前摆一张桌子。客人们穿着短裤、背心，趿拉着拖鞋，围坐在一起，一手攥着麻辣串，一手端着纸杯。纸杯里的冰啤酒泛着浓浓的黄色泡沫。

他们互相碰杯，大声喧哗。

有的只是一个人，手里的筷子一动不动，眼睛定定地盯着某个地方。他依然沉浸在生活的羁绊里，还是彻底放空了自己？

碗碟都是统一的那种，外面用塑料纸包着。用筷子“砰”的一声捅开，颇豪迈。这里跟北方不同的地方是，一定端过一个塑料盆，用热水把碗碟筷子都烫一遍，废水倒进塑料盆里，才算完成吃饭的前戏。现在北方的一些火锅店也开始有样学样了。一盆热水，把碗筷都放进去，让客人们亲眼看到洗过，再拿出来一一摆好。

附近有好几个工业区。他们应该是工厂的员工。

尤其那些女工，褪去了工装，换上裙子，光着脚，白白的腿在灯光下一闪一闪，从统一规划中露出小小的自己，还显得有点性感呢。

还有长途客车司机，从东莞拉货到香港，却住在宝安。

还有和店主一样都是做小生意的。

此刻，他们有一个共同的名字：老板。

店主一口一个“老板”地叫着，给他们端茶倒水。这些消费者习以为常。

无论在深圳的五星酒店还是街头苍蝇馆子，基本都可以享受到大老板一样的尊重。店主不知道你是谁，一个身穿短袖衬衫、长相猥琐的中年秃头可能就是身价过亿的总经理。店主不会冒这个风险，他也没心情跟顾客吵架。他只想好好做成一单生意，追赶上真正的老板。他们笑容满面，逆来顺受，不生闲气。

你可以把这称为“伪饰”。

剥掉了这个伪饰，就叫豪爽。北方人常被称为豪爽。大口喝酒大块吃肉之外还要互怼，说话做事都是直抵命脉。

没有孰优孰劣的问题，都是多年形成的做派。

互相不熟悉，基本的礼貌便成第一要义。这个伪饰其实是拉开一点距离。人和人啊，熟不拘礼固然豪爽，但也容易互相伤着，走向反面。一点小小的距离感，成为夜市的灯光之一。

夜越深，人越少

在昏暗的夜市转一圈，走出来，不小心会被明亮的灯光突然刺一下——门口左手边是一个名为喜乐购的超市。

从大马路上经过，你完全不会在意这么一个超市。深圳的生活真方便啊，方圆五百米内，几乎可以解决任何问题。药店、银行、饭馆、美容店、手机店、港货店、培训班，都是为你准备的，随手可用。

夜市旁边，大大小小的超市也有好几个，喜乐购算是最大的。

在这个杂乱夜市的映衬下，它就像一个巨无霸，规整、明亮、气势磅礴，里面有水果区、蔬菜区、熟食区、洗漱用品区等。

同样的工装少妇和趿拉着拖鞋的人，在超市里购物时，表情比在夜市沉稳多了，高贵多了。

这么大的世界，这里一坨人，那里一坨人，像蚂蚁一样匆匆来去。你从远处望过去，这一坨和那一坨并没什么区别。走近了，也看不出区别。

区别只在他们自己的心里。



吃炒粉儿的，如果多看几眼吃臭豆腐的人，他的眼神会灵活起来。

在超市买一条廉价的裤子，比在路边摊买一双鞋、一双袜子时，心情要舒畅一些。

同样的水果，有人会把超市里面的与超市外面的做个比较，如果决定买超市里面的，他会自豪地点一点头。

那些便当，十块钱一份的可以加一个肉菜，十五块钱一份的可以打两个肉菜。打两个肉菜的人，地位要高。

整个儿群体，被一条无形的鄙视链串联着。大家在这个链条上都寻好了自己的位置。

固定的店铺鄙视那些临时的摊位。只要他们挡在自己门前，店主随时会以影响生意为由撵走他们。城管固然厉害，但没有切身利益，不会拼命。店主可就不一定了。摊贩可以跟城管叫板，在店主那里却必须示弱。除非他们是亲戚关系，事先约好互相照应。

越是身处底层，越在乎彼此之间这种微小的差异。他要通过差异收获一点点凌驾于他人之上的快感和成就感，同时维护自己既定的地位。他甚至刻意夸大这小小的差异，让他人知道自己与他们不同。

在深圳产生无望感的人，比例似乎比其他地方少一些。我不敢确定，但直觉是这样。

多数人感觉都有盼头。他们既安于自己的身份，又能看到有一条通道摆在自己的面前。这是他们安于现有身份的前提，因为眼见路没被堵死，所以才会按部就班地去走。

我躺在自己家的床上，轻轻翻着一本书。根本想不到还有一个夜市就在不到一公里的地方。一只蚊子飞过来，嗡嗡乱叫。我拍一下，没拍到。蚊子飞走了。

路过那个夜市时，我常常被它强烈撞击。像一个拳头，打一下，不痛；再打一下，还不痛。再打时，我已经离开了。

# 我不认识铁岗村的人

我不认识铁岗村的人。

想到这里，我的心里踏实下来。

我向往着每一个陌生。在每一个陌生的地方，看到不同的人，遇到不同的事儿。

铁岗村是我经常来的地方，建筑都很熟悉了。但走在这里，我不担心路上有人跟我打招呼：嗨，某某某，下午好。

那样我会手足无措。

我要求不高，只是像蚂蚁一样，要碰触一下陌生的触角。也许什么意义都没有。一种下意识。



时不时就到铁岗村来一次，当然是因为离得近。只有这一个理由。早年间，在乡村生活，几乎没有外出的机会，到乡镇上赶个集，都算出趟远门。要买什么东西，要怎么梳洗打扮，都是事先规划好的。跟谁做邻居，跟谁厮守一辈子，都是上天定下的。它没有用心安排，随手划拉一下，你和谁谁就在一起，你们便不得不在一起，无法再更改次序。

这样安排好不好？没人问你。若觉得不好，你得想办法调整自己，让自己相信如此安排的好处。

时间一长，可能就会有了感情，甚至愿意主动接近身边的事物。

铁岗村是个城中村。在官方口径里，早改成了铁岗社区。附近的流塘村、布心村、河西村等，也都改成了流塘社区、布心社区、河西社区。“村”这个字只活在本地居民和早期移民口中。后来的人，也跟着这么叫。

早晚有一天这个字会死掉。村庄所承载的那些东西都没了，“村”还有什么价值呢？它只是一具木乃伊。

和很多城中村一样，这里有大量的“握手楼”。楼间距太小了，从这个楼的窗户伸出手去，可以握到另外一座楼里伸出的手。

但大家都缩进自己的屋子里。你伸出一只手，不知另一只手在哪里。

在这些局促的、狭窄的巷道里交错时，你就会体会到什么是真正的擦肩而过。

每家每户能使用的土地有限。大家拼命向天空要土地，让楼房长到云霄中。

据说有些地方规定最高不能超过五层。谁会规规矩矩地遵守呢？每层楼都是钱啊。把楼盖好，坐在家里数钱就好了。

那些租住者数着自己的日子向业主交租，他们忙得连握手的机会都没有。即使对面邻居忽然伸出手来，也只是瞟他一眼，转手回去煮自己的饭。

他随手甩下的一滴水，落在我的头上。

一个人推着手推车从我旁边挤过去，上面轰轰烈烈地挂着各种药品。按常规，喇叭里应该响亮地喊着“老鼠药、蟑螂药，蟑螂不死我死”之类的话。而他悄无声息，仿佛有什么心事。

早年间，这样的握手楼下，都是污水横流，垃圾遍地。住在里面，几无尊严可言。我看到的铁岗村，还有附近的几个村子，其实都算得上干净。城市越走越老练，从野蛮生长阶段的粗疏里缓过神儿来，就是所谓的精细化管理。

人，应该还是那些人吧？生活方式终究要有点变化。

没人逼着变，自己也要变。

我曾设想，在这个城中村里有一个好朋友。

他居住在某栋楼的三层或者四层。防盗门敞开着，房间里杂乱地摆放着电脑和画布，画布上是未完成的油画，电脑里是刚写完的一篇小说。四处弥漫着经久不散的烟雾，即使打开窗也明亮不了多少。他似乎跟明亮有仇。

但某个阳光充裕的下午，他的客厅也会突然变得刺眼。

我经常出现在他的客厅里，和他一起喝茶，抽烟，谈诗歌，把自己微信上刚刚写完的诗翻出来读。对方闭着眼听着，也可能根本没听，在闭目养神。

我们坐在一起，就是一首诗歌了。

他每天早晨要去楼下的“沙县小吃”点一个炖盅、一份煎饺，慢慢地吃完，可能在附近转一转，散散步。城中村真的没什么可转的，他要走出铁岗村，到附近的铁岗水库的绿道上去散步。绿道上一年四季鲜花盛开。跟北方不同，岭南的春天是落叶的季节，黄叶一夜之间铺满尘世，新芽和落叶无缝对接。

走在黄绿之间，他就避开城中村的市井与凡俗，在树枝随时碰到头颅的道路上舒展自己的高贵，以及梦想。

假如我住在另外一个城市，一个千里之外的远方，想到深圳市宝安区西乡街道铁岗村有自己的一个朋友，深圳在我心里就会温暖起来。下了飞机，我会风尘仆仆地坐大巴赶赴这里，扔下行李，在他的洗手间里冲一个凉，和他到楼下喝冰啤酒，吃地沟油炒出来的辣嗓子的湘菜或川菜。兴奋地谈诗，把自己微信上刚刚写完的诗翻出来读。对方闭着眼听着。

那几天，我们每天访友逛景，忙忙碌碌。晚上回来就在“沙县小吃”凑合一顿。

离开时，我们会大喝一次。喝到兴奋处，也许抱头痛哭一场。他问我什么时候还会来，我说不知道。

以后的日子谁知道呢。一个平时很熟的朋友，昨天还在国外发微信，今天就传来噩耗，突发心梗离世了。

可是我和朋友住得很近。我们就没有那么多话了。在楼下遇到，点点头过去，甚至视而不见。

人和人太熟悉，肉体长在一起。有时像手指，碰一下都疼；有时像头发，砍掉了也没什么。

想到这里，有点悄悄的难受。

铁岗村真的有一个“沙县小吃”。在深圳的任何一个角落，都会找到一个“沙县小吃”。

小吃店里缺少很有特色的店主，比如长着大胡子的、虎背熊腰的、瘦小枯干的、肥胖如猪的。每个店主差不多都是一个样子。我吃过这么多家，店主面目一律模糊。基本上就是一对年轻的夫妻，不胖不瘦，不高不矮。一两个在门前乱跑的大娃娃，身边跟着一个蹒跚走路的小娃娃。

铝制盆里的肉馅儿散发着新鲜的气息。肉馅儿那么细腻，细得像沙子。店主一年四季都在拌馅儿，捏饺子。我不怎么吃饺子，因为总是担心肉的来历。这年头……

我最爱他们的“飘香拌面”。简单的一坨面，扔在锅里煮一下，捞出来，拌一点麻酱，再放一张生菜叶。菜叶是整整的一片，在滚水中烫一下就捞出来。这在北方人眼中是很不成熟的表现。菜嘛，总得经过刀

铁岗村的墙壁上处处可见类似的个性涂鸦。这些画作，像共享单车一样，默默地影响着这里的居民

劈斧剁，油煎水熬。广东人有“三天不吃青，两眼冒金星”之说。这个“青”，就是蔬菜，就是一片煮熟的菜叶。

人来人往的时候，老板显得跟顾客很熟的样子。来了？请坐。吃点什么？走啦，再来啊。

也有不怎么说话的，但眼神儿很亲切。仿佛一下子认出你是他的亲人。

他不会记得每一个人。如果我在街头跟他打个招呼，他可能发蒙，心说，这货谁啊，认错人了吧。

日本一个做“烧鸟”（类似于鸡肉烧烤）生意的，顾客非常稳定，每天谁会来，什么时候来，有个基本的规律。似乎日本有很多这样的店铺。这跟日本的国民性格有关，执于一念。一段时间内，一个常客忽然不来了。那一定是他的生活发生了变故。店主去看望这位住院的常客，常客已经说不出话，认出他来，潸然落泪。

店主讲完这个故事，眼里亮晶晶的。

顾客和店主都有自己的生活，有自己的光阴需要消耗。每个人都是别人眼中的过客。

见上一面，第二天还是过客。

我经常用手机拍照。

我和身外的事物因此有了隐秘的联系，这样我就不会孤独。

所有的关系，都要有人主动去建立。

在铁岗村，我一般只拍视野的上半部分。镜头的下方太杂乱，谁都想见缝插针。汽车、树、垃圾箱、共享单车、市民晒的腊肠、店铺以及摆在店铺门口的东西，像树根一样，盘根错节，又有自己内在的规律。我从店铺门口经过时，随手拍照。店主用浓浓的粤式普通话发牢骚说，又来检查啊，没完没了的。

它们让我感到紧张。拥挤的画面，你怎么摆也摆不整齐，也躲不开。

我喜欢拍天空。天空其实是个背景。画面的主角可以是高楼的一角，可以是树上的一朵花，一堆花。干净，明亮。这才是世界应有的样子。

主角还可以是白云。深圳的天气真好啊，白云真多啊，即使下了雨，那些受伤的云彩晚上睡一个觉，第二天醒来，又开开心心地出现了。他们不用为自己操心。一切自有蓝天的安排。

把命运交到别人手里也是不错的事。

每一个城中村都是一个自足的小社会。在这里，基本生活都解决了，可以在里面过一辈子。

城中村修建时会刻意利用院墙、铁篱笆、河沟之类的障碍物，与外面隔开，成为一个独立的个体，颇似周星驰电影《功夫》里面的猪笼城寨。

铁岗村一面是围墙，一面是臭水沟。臭水沟边上是高高的铁丝网，避免行人掉下去，也许是防止人们往里面丢垃圾。其实里面已经布满垃圾。隔着那么高的铁丝网扔过去，很需要费点气力。几朵粉红的簕杜鹃趴在铁丝网上，兴高采烈地盛开着。

一面是临街的店铺。从外面路过，你看不出这是一个村子。你看到的是宽阔的马路，各种店铺和店铺里偶尔进出的人。你分不清谁是店主谁是顾客。大家都从容地做着自己的事，说着自己的话，塞满了炎热的空间。

再走过去，有一个门，门口是个广场，写着“铁岗村”字样。里面又是一个广场，广场中心是水池。水池中间是凉亭，几块石板搭在水面上，走上去还有点九曲回廊的感觉。

这里相当于社区的中心。边上是一个名为康乐中心的建筑，几座小平房，其实是个居民活动站。有人在里面打牌，有人坐着聊天。

广场周围是一圈树，浓荫下布满了纳凉的人。

我所得到的文字资料显示，铁岗村户籍人口三四百。而这里实际人数至少得三四万吧？大量的外来人口淹没了本地人。

本村原住民比例最小，但是扎堆。坐在树下乘凉的时候，他们叽里呱啦说的粤语，才让你感觉到这是他们的地盘。

更多的人则是坐在条凳上，玩着自己的手机，互相说话的不多。像一排小鸟，站在电线上，各自叽喳着自己的心事。

风一吹来，他们的心事就被刮得漫天乱飞。你听不到，但你能看到。

我在这里溜达，每次见到的人都不一样。即使他们住在同一个屋檐下。上次是姐姐，这次是弟弟，下次可能是他们的邻居。

那些乌泱乌泱的人群，杂乱无章，一条条小巷，一个大广场，他们沿着烈日指引的方向，在不同的路途上，像微小的蚂蚁一样转来转去，最后都能找到自己的家和亲人。他们的亲人也是转来转去，最后也都找到了他们。多神奇啊。大家都不会迷路。

我是一个闯入者。一个外来的，跟他们毫无瓜葛的路人。在他们眼中，我也是个陌生人，跟我眼中的他们一样，就是一坨肉。我看不到他们的悲欢，他们也看不到我的悲欢，我们都是陌生的。

但我已没有激情主动结识他们，和他们成为知己。

我的一个朋友，不饮酒，不吸烟，不吃肉，酒桌上寡言少语。然而，曾经，他抽大烟喝大酒，吃大肉，每天醉生梦死。这样的改变，当然是因为大夫警告了他。但大夫警告的人数不胜数，那些久病的人，谁没被医生警告过几次？一个人被医生警告了多次，为什么后来乖乖听进去了呢？

这样的例子并不是少数。忽然之间，一个人走到了自己的反面，像瞬间开悟一样。活跃的人，一夜之间沉闷下来。沉闷的人，一夜之间激情四射。都像变了一个人。

想来，一个人这一辈子做什么事都有一个定数。他的饮酒数量、吸烟数量、食肉量，能说多少话，做多少好事，做多少坏事，有一个总量控制，完成了这个数量，大概就要调头走路。

一个人这一辈子能认识几个人，结交几个朋友，也是有定数的。

我现在认识的这些人已经够了。

正因为不认识铁岗村里的人，我才心安。

我往哪里去，都尽量不打扰朋友。

有些人到了一个地方，第一件事就是给那里的朋友发短信。事先不通知，到了以后也不打电话，只发短信，发微信。大概意思是，我到了这里，我告诉你了，理不理我，你看着办。把问题推给别人。

我感觉这很怪异。要是想见的话，大大方方告诉人家，你想要见一下他，或者让他提供什么样的帮助。要不就一声不吱，悄悄地来悄悄地走。这样不冷不热不咸不淡的方式，其实更是打扰了别人，打乱了别人的生活节奏。大家在各自的领地上，忙活着各自的事儿，很多时候真没见面的必要。每天互看微信，已经了解彼此的生活。让别人陪一顿饭，还不如自己安安静静地享受一杯啤酒和一碟小菜。

谁一定需要谁呢？

朋友本身是个变量。利益相同的，生活方式相同的，价值观相同的，走到一起了。后来变了，离开了。很正常的。

朋友更多的是给我一个心理上的抚慰。

到一个地方去，如果这个地方一个熟悉的人也没有，心里会有一点小小的恐惧。如果有一个熟悉的人，原先打过交道，往那里去，即使不见他，心里也踏实。

铁岗村有着很多熟人的痕迹。

一个叫“打铁”的文艺团体，汇集了形形色色的漫画家、作家诗人、编辑、公务员、演员、主持人等，是一个松散的民间文艺团体，在宝安区号称“小文联”，也获得了官方的认可。深圳每年的文化例牌菜，“深圳读书月”“文博会”“创意十二月”等，都要组织一些文化活动，政府出资，由民间文化团体承办，既可给他们一些资金扶持，又省心省力，激发民间活力。

我跟打铁文艺社的人都很熟，也时不时和他们一起参加活动。

在铁岗村的墙上，我看到了他们的涂鸦。

一面又一面的墙上，画了好多画，花花绿绿的。有抽象派的，有写实的，有印象派的，在我这个外行看来，大概只有两个字可以概括：很好。

一堵墙的后面，矗立着一棵枝叶繁茂的树。墙上画的是树干和树根，和墙内的枝叶成为一体。

广场围墙上的涂鸦是十二生肖，画成了3D效果。属虎的人，站在老虎前面拍个照，后面的老虎呼之欲出。属兔的人站在兔画像前面，后面的兔子很羞涩的样子。

还有夜光漫画。晚上灯光暗淡，一幅画挂在黑夜的一面墙上。走夜路的人，心里一亮。

也有民间创作者不断参与进来。在低处，小孩子们会写上“某某是小王八”之类的话，成为整幅作品的一部分。

还有办证刻章的广告，黑黑的一个长条，大大方方印在那些图画上，有点无厘头，却也使得涂鸦更加丰满，有一种出人意料的效果。

这些涂鸦是政府扶持的文化项目，由打铁文艺社召集国内一线漫画家创作的。据说铁岗社区要把这里打造成独特的文化景点。

经济好了，有闲钱做些闲事。

闲事好还是不好呢？应该是好吧？

对于铁岗村的大多数居民来说，这些漫画之有无，并无世俗意义。这不是他们的生活。超市、理发店才是。就像一个常年定居深圳的人，世界之窗和华侨城并不重要，楼下的“7-11”店和“沙县小吃”才是日常。

而打铁文艺社把这里做成文化景点，一定会间接侵入居民的生活。

文化有立竿见影的意义吗？没有。那些出出进进的人，他们目力所及就是这些涂鸦，久而久之，心思被熏染，思维也会受到影响。

这些原本陌生的东西，早晚变成他们身体的一部分。

如此说来，文化就有意义了。

听汪峰的歌曲《北京，北京》，有一种感觉：同为一线城市，北京有忧伤的气质。上海没有，深圳也没有。在火热的深圳，成千上万的人时时刻刻都在演绎自己的悲欢离合。他们的泪，他们的血，他们的爱恨离愁，没有忧伤做背景，瞬间都被抹掉了。

多年前，我一度梦想背着一把吉他到北京去做个流浪歌手。大学期间我自己作词作曲的歌曲《五月花》获得了东北亚音乐台的校园歌曲大赛第二名。我要和一帮流浪的诗人画家，在那个充满忧伤的城市里消耗自己的青春岁月。

可惜后来没去成北京，而是来到深圳。

在这个没有忧伤的城市，我将度过自己的余生。

忧伤是从容的，要有几百年的酝酿，上千年的沉淀。一个几十年的城市，还不懂得忧伤。

我在深圳，在铁岗村只看到陌生，硬邦邦的陌生。

我想把陌生，变成我能承受的忧伤。

铁岗村，是我走向忧伤的第一步。

# 住在一个可以出发的地方

多少次在梦里，乘车出发，到另外一个地方。那个大巴上坐满了人，过道里还有人站着。行李架上堆满物品，摇摇晃晃，似乎随时会掉下来砸到人。透过车窗，远处迷蒙一片。

都是我真实乘坐过的：从故乡河北阜城县开往北京的车；从吉林长春市开往辽源的车，开往松原的车；从山东泰安开往济宁的车；从深圳开往中山的车……它们是从哪里出发的呢？我扒开黑色的夜，找寻谜底。

每一个出发，都有一个起始点。我所有的出发，最后都落在宝安客运中心。





那么多的梦，懵懵懂懂，虚虚实实，如同捉不住的影子，挠不到的痒。梦境能有落脚点，很少见，是我难得的梦。

这是一个普通的汽车站，又是离我最近的一个地方。晚饭散步时，经常从门前经过。

以前从没想过会离出发这么近。出发应该是一个很庄严的仪式，远离人群，高高在上，让人稍微走近一点就要肃然起敬。

现在住在它的旁边，我的梦不再漂泊，黑夜不再没有尽头。

每一个目的地，都是一个未知的故事。对出发的期待、惶惑，和对目的地的忐忑、优柔，这么多年终于不再困扰我了。

当年辗转四五个小时，乘飞机从东北来到深圳，转乘机场六号线，在宝安客运中心下车，入住旁边一个商务宾馆里。价格不高，很干净。

温润潮湿的气息涌到鼻子里，鼻孔很舒服，就像在寒冷的早晨，用热毛巾轻轻擦脸一样。

空气里有一种特殊味道，仿佛把所有植物都碾碎了，混合而成的。轻轻的，似无还有，似有还无。你一闻就觉得那种味道只能属于这个地方。

“以后就要在这里生活了吗？”我问自己。却没敢给出答案。

后来终究留下了。

我在客运中心买过三次票，乘过三次车，都是去中山市。我的好朋友徐峰在那里做教师，他先我几年来到珠三角，每次回到我所在的那个北方城市，小聚时都讲讲珠三角的风土人情。他总对我说，有机会还是去南方，一定要去。

我下决心到深圳，与徐峰有很大关系。

到深圳不过一个月，我去中山看望他。

孤单寂寞中，友情确是良药。即使路途颠簸，即使那里依然陌生。

出发有什么具体模式吗？

一个永远抹不掉的画面，很多年了，越来越深刻。

遍地的垃圾，黏糊糊地粘在地面上，拥挤的人群拎着绊脚的蛇皮袋子，像被热水浇过的蚂蚁群，毫无章法，惨叫声此起彼伏。女人的惨叫还好听些，半大小子的惨叫最让人受不了，嘶哑的不男不女的惨叫。车门就在他们身边，可是谁也上不去。他们恰如其分地阻挡了任何一条路。

你是美丽沉静的少女，在家里油瓶倒了都不扶的独生子，你是一个文质彬彬的作家，一个被上百人前呼后拥的大老板，一旦卷入这个群体，就完全被碾压了。什么尊严、名声、克制、体面，瞬间成为乱飞的灰尘，飘浮在嘈杂的人群上空。

送行的亲人就在远处看着你，如同看着激流中挣扎的落水者，她提心吊胆，又无能为力。她帮不了你什么忙，你也帮不了她。所有的家事和心事，从此交给了留守者。

一次分别，至少一年半载。平时只能靠慢悠悠的信件联系。全村只有一两台电话，谁好意思总去叨扰人家？

百感交集。撕心裂肺。无可奈何。远隔千里。

二十世纪八九十年代和二十一世纪初，随时随地都重播着这样的画面。在很多慌慌张张的城市，尤其深圳这样的漂泊者聚集之地，更是随处可见。而我亲历了一次又一次如此场景。

我坐在宝安客运中心候车大厅的时候，情形好多了。没有那么多人。

透过窗玻璃可以看到后面的大院子里并排停着一辆辆豪华大巴。看标识，没有到中山的。到了发车时间，我被放进去，却上了一辆小巴。小巴上只有两个人，除了我，还有一个美女，长发挡住白皙的脸，看不清轮廓。

司机一声不吭地发动汽车，几分钟后，把我们送到马路对面。

马路对面也是一个售票点，还有一个小小的候车厅，相当于宝安客运中心的分销点。我们等那么半天，只是换了个地方继续等。早知如此，还不如自己到对面去买票，然后在对面等呢。何必折腾一遭。

又想，可能为了少让乘客走路吧。也算以人为本。如果乘客走到对面，需要沿着宽阔的西乡大道往东走出四五百米，从红绿灯处绕行。而从东面过来的客车，直接在对面的站点停下，不用再绕一圈进站，也节省了时间。

被大道隔开的，还有很多生活小区。客运中心这面，是御龙居

从宝安客运中心出来，就是宽阔的西乡大道。从这里出发，便是一个个远方

和中粮澜山小区。旁边虽有小超市之类，但还是不方便。对面的丽景城、宝安新村、天骄世家小区附近，店铺林立，还有学校、幼儿园、社康中心，五百米内基本可以解决所有问题，生活氛围浓厚，是比较成熟的社区。

早晨，成群的老人到对面去买菜，也需绕行红绿灯。

就有人提议建一座天桥。

政府还是挺重视这件事的。先在附近小区里张贴征求意见书，选址三处，让大家投票。据说很多业主都选择建在锦花路附近，但最后天桥建在了客运中心旁边。市民们也表示理解。方便乘客嘛。再说，有，总比没有好。

这座天桥建起来不久，对面的候车厅就歇业了。多少人停留过的一个候车厅，说没也就没了，无声无息，连一个涟漪都没有荡起来。如果我领着一个初来乍到的人从这里经过，告诉他，这里曾经有过一个候车厅，他会有什么反应?

也许只是敷衍地“啊”一声。他没有见过候车厅，生命中从没和它发生过碰撞。候车厅之有无，跟他有什么关系呢?

我留恋这个候车厅，只因那里曾收留过我的气息和我的一段小小的彷徨。

每一次经过这个已改为房产中介的门面，当初那种无助感就冒一个泡儿。

人这一辈子，就是由一个个小气泡组成的。

后来，我经常一个人骑着自行车瞎转。骑到客运中心附近，我就停下来歇一会儿，望着高远的蓝天发呆。天天盯着手机，盯着电脑屏幕，目光短浅了，望一望远处、高处，眼睛被释放出来，在天空狂奔。

洁白轻盈的云彩，一堆一堆地粘在那里，懒洋洋的。我的心也被传染得疏懒起来。

那些叫不出名字的植物，绿意浓浓地包围了整个客运中心。一棵接一棵的榕树上，根须一条条垂下来，深褐色，整整齐齐。到了岭南才知道还有这么奇怪的植物。它们的根须不是长在地下，而是长在树干上。像扎猛子的小孩儿，一旦挨上土地，就迅速钻进去，汲取营养，逐渐变粗，成为另一根枝干。日复一日，榕树越扩越大，甚至可以盖住半个村庄。

四周弥漫着那股特殊的味道。大树的浓荫下，几个电单车司机正全神贯注地盯着来来往往的行人。

他们是郊区汽车站、地铁口的标配。他们也是这个城市的虱子。他们让这颗头颅发痒。城市里要搞环境大检查的时候，他们就消失一阵。检查过去了，他们卷土重来。

他们大多没什么技术，到城市里来寻口饭吃，买一个电单车便可就业。开始往往是一个人干，然后一个村子的人都来干。所以聚集在某一个地点的电单车司机，口音都差不多。风吹日晒雨淋，终究比在工厂里自由些，收入也可能更高一些。

他们有过强行拉客，欺负客人的时候吗？

犹记1994年夏天，我上大学路过北京。在北京打工的表弟送我上车。在火车站附近一个商店里，一个衣衫破烂的农民工，四五十岁，背着一个包，在玻璃柜台停住看了一会儿。店主问，买什么？那人摇摇手，轻轻说，不买。店主大声问，不买你瞎看什么？转出柜台来就给了农民工一拳。农民工不敢说话，紧走几步。店主追着打。那天下午，阳光暖暖地照着，商店里几乎没有人，店主可能闲着也是闲着，就出来打人玩。

我和表弟赶紧躲开了。我们还很年轻，对“社会”两个字充满了畏惧。

我们看到的，可能是一个外乡人欺负另一个外乡人。但一想到北京，我就想到这个画面；一想到二十世纪九十年代，这个画面就浮现出来。

那个要出发或者离开的农民工，他的亲人不知道他的遭遇。他要把委屈藏起来。他只能站到别人的位置，把自己看得微不足道。

时空转换，我在深圳看到的这些拉客仔，他们似乎只想做成一单生意。他们是回归了底层的一群。穿着体面的行人从那里经过，视其为无物。他们低眉顺眼地把电单车推到一个刚从大巴上下来的人面前，问，老板去哪里？我带你去啦。对方不说话，他们只好去追另外的人。

共享单车叽叽喳喳地布满人行道。来一个人，骑走一辆。再来一个人，再骑走一辆。他们的生意越来越少，队伍也越来越小。原先有十几个人，现在只剩下几个。和按月交份儿钱的出租车司机不同，他们本就是边缘人，形成不了队伍，没有利益共同体。他们只能拿单个的共享单车撒气，偷偷把附近的共享单车挂到树上，扔进西乡河里，或者把车上的二维码刮掉。

早晚有一天，他们会消失的，就像对面的售票点一样，无声无息。

没有任何人感受到损失。他们也只能站在别人的角度，把自己看得微不足道。

生活安定以后，我开始对远方有了向往，期待一个个设定好了目标的出发。

在客运中心的路边，我常常看到一辆辆大巴呼啸而来。前面的玻璃上都醒目地标注着目的地。

还在北方时，我没事爱翻地图看地名。全国各地的名字都看。

厚街、石碣、虎门、樟木头、番禺、珠海、江门、清远、佛山……每一个地点都有一个故事发生。如果我到了那里，我也是其中一个演员。

一个人的一生中有多少角色可以扮演？换了一个地方，换一身衣服，你就抛弃了原先的你，再也回不到原点。即使重返出发地，你的位置也被别人替代了，你只能重新扮演一个角色。

候车厅和外面的站牌处，触目皆是年轻人。他们干干净净的，拎着一个包，站在那里，低头刷手机。岭南秋末的微风干爽而轻盈，非常舒服。旁边就是空座位，他们不坐下，刷一会儿，抬头看一下。汽车还没来，低头接着刷。

一对一对的小情侣，互相依偎着。他们从远方来到这里，准备登上一个舞台。无论主角或者配角，他们都要倾心去演。他们被称为小鲜肉，仅凭这三个字，票房就能得到保证。老戏骨、老腊肉，那些看腻了的面孔，该让位了。

曾经，我也像他们，也有过酸甜的爱情，憧憬着在高楼林立的城市里有一间自己的房子，卧室里铺着雪白的床单。那时候，还喜欢“奋斗”这个词。从没抱怨过每天的起早贪黑，却对每一个虚度的时日都追悔不已。什么旅游啦、享受生活啦，想都没想过。

回身打量曾经的生活，已落满灰尘，怎么都扫不掉。有的地方，已经结痂，硬硬的，厚厚的。

当年有位同事，三十多岁就得重病去世了。那是一种无药可救的病。临终前，他产生幻觉，坚持说有个偏方能治自己的病，偏方就藏在自家的房梁上，让妻子去找。

人对生的留恋，是一种本能。我想，如果抽出一个下午的时间翻看自己的童年、少年和青年，想一想那些经历的事，一定会感觉到遥远。

尽管只有二三十年，也是非常遥远，一眼望不到头。

走了那么远的路，心就应该麻木了。再远一点或者再近一点，也就那么回事。

好多事都会蒙尘，都会遥远。

2012年春节前夕，我所在的媒体计划搞一场诗歌朗诵会。为保证效果，一定要找个人流量大的地方。选来选去，大家都想到了宝安客运中心。一大帮人浩浩荡荡去了那里，征得管理处的同意，搭好了舞台，放置了音响，播放着歌曲，现场还散发了一些小册子之类。

稀稀拉拉的几个人，远远地望着我们。他们拎着背包，手里拿着即将登车的票，眼神充满犹疑。似乎在问，又在搞什么？

春运啊。那人山人海的景象呢？那争先恐后的画面呢？那拥挤不堪、眼神迷离的行人呢？



又去了其他几个地方，也是如此。

除了宝安客运中心汽车站，还有一个“宝安汽车站”，乘客经常把两个地方搞混。第一次从中山返回时，客车直接把我拉到了宝安汽车站。我下车后就蒙了。在一个人生地不熟的地方，任何一个小小的陌生都让我陷入恐慌，尤其是孤身一人，没有老婆孩子陪伴时。我可能是个家庭动物。

那次我才知道，“宝安客运中心汽车站”和“宝安汽车站”是两个地方。

宝安汽车站里的人也不多，其他几个售票点亦如此。

一个村子一个村子的人出去，说到深圳打工，多数就是到深圳市宝安区打工。这里的外来人口最多。春节那几天，宝安的大街空荡荡的。几乎成为一座空城。他们是怎么离开的呢？

这里曾是一个人流滚滚的地方

第二年，湖南一家媒体找到我们单位，希望联合搞一个活动：“送农民工回家”。方式有两种，一种是让农民工报名，给他们送长途汽车票；一种是直接雇一辆车，把农民工拉回家。湖南人在宝安打工的特别多，春节期间搞这么个活动，既应景又有实际作用，也有新闻卖点。

新闻发出后，一些相关部门给予了非常具体的支持，而响应者寥寥。票是送出去了，反响却不强烈。

是的，回家的人们，选择太多了。自驾、拼车、打车、火车、飞机、长途大巴……

火车票虽然还是很难买，但他们不必再畏之如虎，不必再陷入深深的愁苦。

焦虑还在，可生活逐渐回复到应有的原点。

曾经的争先恐后，依然留在社会的记忆中。那些经历过拥挤场面的五零后六零后已经老了，七零后八零后正意气风发。他们也许还希望往日重现，在别人的慌张里，衬托自己今天的从容和干净，借此怀念自己的青春，也有点抚疤之快。

他们失算了。

他们的往日已经被尘土盖住。

一天晚上，我们几个朋友，喝了一个晚上的酒。好开心的一个夜晚。凌晨三点多，才在客运中心附近分头回家。我说我过了天桥，到对面去打车。

走了几步，猛然站住。

黯淡的灯光下，几个黑影在那里晃动着。他们或蹲或站，把堆成一团的行李放在台阶上。再走近些，看到那七八个人，有老人，有中年人，还有几个孩子。

我看不清他们的面孔，只感觉到他们的安静。

很明显，他们在等某一班车。

什么路，还需要半夜去赶？

那些线路，只有他们知道。就像他们的冷暖，他们的悲欢，也只有他们自己知道。

那一瞬间我扪心叩问，自己是不是迷路了？

我根据自己的生活现状推出的结论，也许都是假象。

对一个**城市的喜欢**或者厌弃，与你的邻居有关，与你**接触**到的**笑脸**的多少、冷遇的多少有关。一个人离开一个城市了，不是**这个城市**把他怎么样了，而是这个城市里他接触到的人给他的温暖不够多，**让他冷**。

第四章

# 街巷里的一天

# 悠长的早晨

新鲜的阳光从树缝里渗下来，一片斑驳。在最亮的那片阳光中，两只蚂蚁正触碰彼此的触角，不知它们在聊些什么。

芒果树上，丰满的芒果渐渐由绿变黄。露水紧紧扒着光滑的果皮，一点点往下滑。终于还是没有挺住，忽地掉在草地上，砸得草叶弹了一下。

我走出电梯，看到的世界就是醒着的。所有的事物昨夜都没睡去，一直睁着眼，定格在那里。等我遇到它们的时候，谁按动了播放器，它们开始以正常的速度运行。

迎面而来的老人，推着手推车，东张西望，左看右看，像在寻找什么人。他头上的帽子有点歪。手推车里的孩子也戴着帽子，遮住半个额头。脸蛋儿白嫩，手指头含在嘴里，笑嘻嘻地盯着我。仿佛我是他的前世，他认出我来了。

跳广场舞的大妈们舒缓地打着太极拳。整齐的服装，整齐的动作，音乐不躁不烈。音量也不大。如果她们总是这个乖乖的样子，其他业主怎么会反感呢?

一个大胡子中年人牵着他的“儿子”从我后边走到了前边。黑白花的狗，四条短腿迈着极快的碎步。尾巴使劲儿摇啊摇，一定要把尾巴摇掉才死心。它的尾巴和天上的事物似有隐秘的联系。它在说着我们听不懂的话，但上面的事物可以听懂。

大叶榕的气根垂下来，直直地扎在地上，钉在那里一样。那些比较细的，还没来得及抓住土地的土褐色气根，被风一吹，轻轻摆动，貌似荡秋千。

棕榈树站在路的另一边，无遮拦地伸向天空。四楼的住户从窗户里伸出手来就可以摸到那巨大而坚硬的棕榈叶。我数次抬头，都没看到一只伸出来的手。

这个不大的小区里到底有多少种树木？它们晚上都做些什么？我想从它们的一举一动中看出端倪，终究没看出来。这些树太有城府了。

这是深圳一个普通的早晨。和暖的风吹出二十二摄氏度的舒适，世间万物都情不自禁张开了汗毛孔。

我要到小区外面的市场上去买早餐。

我像一尾鱼，汇入群鱼中间。小区里的一座座高楼，恰似一座座暗礁。蓝蓝的天空就是大海，淹没了它们，从天上一直蓝到地下。微风如水，在万物中间见缝插针地荡漾。那些鱼一尾一尾和我擦肩而过，互不影响，互不阻拦。偶尔互相瞥一眼，也都满含着温馨和暖意。

平素习以为常的事物，进入了它们，我被周围的一切震惊了。

我看到的每一个人都是新鲜的，好像刚刚从画上走下来。

邻居阿姨骑着一辆自行车和我打了个照面。那辆车就是她的腿，她走到哪里骑到哪里。我见到她，多数时候是在车上。她用微笑跟我打招呼，脸上的皱纹与路边的紫荆花相映开放。

她和儿子儿媳住在一起，孙子已上幼儿园，孙女还小，在她的怀里挣扎着，见了人就喜欢“啊”“啊”地叫，嗓门好大。我说小家伙长大后应该当歌唱家。两个孩子的各类用品从她家客厅里蔓延出来，一辆脚踏车几乎摆到了我家门口。我们一点也不觉得烦。一看到那个踏板车，就想象到小家伙在楼下的大榕树下飞快地滑着走，还不忘冲我们打招呼：叔叔好，阿姨好。

我从晨练的人群旁边走过，忽然忘记了自己要做什么（欧春健 摄）

邻居偶尔来敲我家门，几次印象比较深。一次是阿姨说自己不会填写快递单。她的儿媳在电话那头告诉我一个地址，让我帮着填写。一次是阿姨送来一个好大的柚子，我们吃了好几天。还有一次，半夜被门铃惊醒，当时还生气谁这么讨厌。原来是邻居下夜班回家，发现我们的钥匙还在门上插着，提醒我们拔下来。

当年住在北方某城，楼上邻居每天使劲跺脚，真是使劲跺。关门也是用力“咣当”一下子，大清早把楼下的我们震醒。晚上则要等他们睡觉后我们才能睡，否则被吵醒再也睡不着了。也客客气气地去说过几次，对方虽冷着脸说“好的”，但接下来该闹还是闹。心灰意冷，楼下偶遇也不愿意搭理他们了。

对一个城市的喜欢或者厌弃，与你的邻居有关，与你接触到的笑脸的多少、冷遇的多少有关。一个人离开一个城市了，不是这个城市把他怎么样了，而是这个城市里他接触到的人给他的温暖不够多，让他冷。



小区保安是广西人，他有时坐在亭子间，有时出来帮邻居开门。尤其过年前后，更是笑脸迎送每位业主。深圳过年要发利是，业主兜里揣一摞红包，内装十元二十元的新钞，看见保安、清洁工甚至公交车司机，都发一个。笑脸人更容易多得。一对保洁夫妇每逢大年初一准时坐在楼下门口的石凳上等着。忙活一年，就等此时的“年终奖”呢。只是微信红包盛行以后，传统的纸质红包陆续少见，所以我想建议那对夫妇各持一个手机，让邻居们扫码支付。

此时，这位年近五十的保安正以哈欠迎送晨光。他仰着头，嘴张得很大，如果不是脸皮绷得紧，一张嘴简直要把整张脸裂成上下两半。

两个小区之间的路，原先没有名字，两边都是乱摆的摊位。如今摊位全部取缔，而那些人还在。农民在一块土地上生活几代，这块土地就属于他了。那些摆摊的人也有这种想法，他们不会轻易离开。补鞋老头从马路牙子上挪到了超市门口，他远远望着自己当初的地盘。城管不让他在那里摆，他也不让别人在那里摆。他会自发监督。那是他的一个故乡。

几个收废品的人，则从超市门口挪到了树下。他们都来自河南，口音一样，骑着同样的三轮车。有时候围坐一起打扑克，有时候静静地刷手机，看视频，一边玩一边等。总会有某个小区居民把他们叫进去，把丢弃的东西拉出来。

当初我家搬进新居，想把前业主的一个大理石茶盘卖掉。他们不但不给钱，还朝我们收了好几十块钱的搬运费。

卖花人从十字路口搬到了路边。他的手推车上常年装着各种鲜艳的花朵和嫩绿的绿萝。我多次从他那里买盆栽。很想问问他，为什么他的花总是一副怒放的样子，而我买的红掌、发财树、多肉、白玉兰都活不过半年。我终究没有问，怕他笑我笨。

重新摆布的格局，让街道看上去整齐多了。马路两边装上了很高的隔离栏杆。店铺在早晨和傍晚会把商品摆出来，或把桌子摆出来，但无法摆到马路上。老太太们在超市门口排队等着买打折的鸡蛋。队伍拐了一个弯，差点挡住另一个店铺的门。

这个超市是敞开式的，两面没门，浓重的水果味弥漫在空气里。橘子味尤重。如果我给它起个名字，就叫“橘子超市”。

林立的店铺，水果专卖、青菜专卖，山东大包子、汤粉店、沙县小吃店等。店主在来来往往的人群里很容易找到自己的回头客。如果她看到你在另外一个店铺买同样的东西，下次去的时候，可能会笑着对你说，老板，好久没见了，我家的水果便宜又新鲜。让你不好意思轻易抛开她。

这些店铺也会毫无征兆地停业。几天过后，换了另一个招牌。新店主像上一个店主一样热情地招呼你：老板，来啦。这时候尽量不要问，前店主去干什么了。不问人隐私，是约定俗成的礼貌。

青菜店门口站着两位老妪，说着粤语。可以看到音节和音符从她们嘴里源源不断地散发出去，飞向天空。我曾多次在这家店铺买菜。买一块钱的葱，两三根而已；一个茄子，几根香菜，店主也不烦。那时我一个人在深圳漂泊，妻子带着女儿在北方读书。我完全可以在外面买着吃，还省事。我做饭更多是为了摆脱孤寂，让我在租住的房子里感觉像在自己家里一样。

即便在这个最年轻的城市，早晨的市场，依然是中老年人的地盘。他们的手上拎着各式各样的塑料袋。

人的手里一定要拿点什么，才有安全感。远古时代的人，手里拿个石块或者木棍，随时防身；有那么几百年，上至皇室，下至平民，手里都拿一个“如意”。尊贵者拿金如意、玉如意。下里巴人拿木如意、竹如意。当下的人呢，自然是拿一个手机。小时候看到农民拿个马鞭或铁锨，老人拿个拐棍。两手空空的人是孤独的，他们无法确认自己能否依靠空空的两只手走到自己的目的地。

那些拎着青菜、油条豆浆、打包肠粉炒米粉的人，无论男女，表情从容、干净。你可以感到他们对这个世界是满足的，世界也给了他们足够多。手里无论什么东西，都会将他们和外部世界紧紧连接在一起，他们与这个世界毫无隔膜。

我在他们中间走着，忽然就忘记了目标。我要去哪里？我要做什么？似乎不做什么不去哪里也没有什么。似乎走进这家店铺和走进那家店铺也没有什么区别。似乎走路或是停下来都没有关系。

尽头是什么，我不去想，也不在乎。这条街道不到五百米，于我仿佛就是这个城市的全部。

我永远走不到头，就像走不出这个无尽的早晨。

# 茁壮的中午

那些声音来自小区广场中心地带，缓缓地上升。先落在棕榈树的叶子上，停顿了一下，接着往上跳，跳到了棕榈树的顶端。又接着往上跳，到了五楼的阳台上，再沿着下水管道往上爬，一直爬到十六楼，在楼顶都可以听得到。

那是孩子们的声音。

有的是一个孩子喊另外一个孩子："张梓涵""张梓涵"。

有的是嚎哭。一个小孩把另一个小孩碰倒了，摔在地上的孩子哇哇大哭。旁边的孩子也不搭理他。嚎哭持续不了多长时间，很快又变成欢笑。

有的纯属莫名其妙发出来的声响，站在那里"啊""啊"地叫喊。

他们的时间是凝固的，仿佛从早到晚一直在那个被称为花园广场的几百平方米的空地上。也不回家吃饭，也不睡觉，也不上厕所。

露天的游泳池里一片喧嚣，十多个孩子在互相喷水。教练坐在池边，吸着烟，看着他们。有时候吹一声哨子，有时候就直接大喊：不要闹，不要闹。

水花遮掩了我的视线。阳光在水花上跳跃。

孩子还可以细分为更多的年龄段，三五个月的婴儿、两三岁的幼儿、七八岁的儿童、十来岁的少年……每一个层级都囊括了数不胜数的人。他们遍布城市的各个角落，生生不息，层出不穷，参差不齐。

这些孩子是从哪里来的呢?

站在街头看看人群构成或许就有答案了。深圳的年轻人真多，孕妇真多。她们摩肩接踵，目光坚定，头发竖立的姿势都像战斗的姿势。

同样的城市，有的在渐渐变老，有的却持续着多年的年轻。

孩子们则是野生的芽孢，没有人管。他们一个个在车前车后奔跑，在街头摊贩那里抢购明显粗制滥造的小食品。我常常沿着他们的飞毛腿跑回自己自生自灭的少年时代。

此时，熙熙攘攘的成年人也许在地铁里，也许在办公室里，也许在咖啡馆里。咖啡馆里也是奔忙的，活跃着这个城市的一个个细胞。他们的存在，也似不存在。只有孩子们在中午凸显出来。

被砍伤的一棵蒲葵，硕大的叶子掉了半边。另外一半儿像被割掉了半边脸的人，惊悚，但挺立在树枝上，并没枯萎，连萧瑟之气都没有。它似乎也不想把失掉的半边补回来以获圆满，而是集中精力用在剩下的半边上面，一心一意地绿。

这棵强大的植物，产生意识之时，可能想到过受伤，但就没有想到过死。路的两侧都被水泥和柏油封上了，只要有一丝缝隙，它就能钻进去，在地下转来转去，找到自己扎根的地方，然后汲取水和养分。天上总有雨，地下也总淌着水，它不用担心渴死。

只要专心守护自己的绿就行了。

几朵硕大的木棉花，在地上砸出几个若有若无的浅坑，嵌于其中，红得刺眼。你走在路上，风在上面对木棉说了几句话，那几朵木棉绷不住了，掉了下来，差点砸到你。其实砸到也没关系。三天之后你从那儿经过，看到木棉花还在理直气壮地红着，叶片的边缘开始变黑，水分却没有减少，似乎等着风来，把上次留下的话说完。

直到有一天，一场雨把它们冲进下水道，汇入小河，流进大海中。你在海边遇到一朵木棉花，看看周围并没有木棉树，不知道它是怎么来的。它自己也不说为什么，只管继续红着。

树木们都在蓬勃地长着。它们在这个小区里都还没有超过二十年，但它们已喊成一片。淹没了这个小区里的人声、鸟声，还有下雨的声音。它们和孩子，和小区里的一切，都不顾一切地茁壮着。

从高处看下来，城市只是很小的一个固体。小区是整个城市的微小的组成部分，小到不足一提。靠近它，再走得近些，把小区里的每件细节都放大开来，你看到的却是一个绽放的物体。

这个生机勃勃的、成长着的物体中，还有更多更细小的物体。那些更细小的物体也是生机勃勃，蓬勃向上。树下有草丛，草丛里有爬过的虫子。虫子也在生儿育女，它们的一生同样繁茂。在它们的世界，会把某一棵草当成大树，用以遮阴。它们也要一年一月地等待草上的露水，那一颗露水足够一个虫子半年饮用。一个针眼大小的洞穴，就是它们一代代传承下去的安居房。

像剥洋葱一样层层剥下去，有无限的更小。这么多的事物，人类有的受能力所限，根本看不见，有的则是视而不见。忽略了这些看不见的，剩下的肉眼所见，都是茁壮着的。

事实上所有成长都是暂时性的。生老病死，惨淡经营，无能为力。但此时的茁壮是那么的强大，让你不得不相信这就是事物的全部。它真的可以遮蔽你对未来的所有期待和想象。

这样的暂时，就是永远。

有一种鸟，名金丝燕，它们一辈子都在飞，没人看到过它们的脚落在地上。脚简直就是多余的，仅仅作为身体的一个装饰品存在。它们的飞翔，涵盖了人的走走停停、吃喝拉撒。它们就这样飞啊飞，生命都被

充满活力的街头市场

格式化。据说它们一辈子只落在地上一次，那就是它们的死。

也没有人见过它们的死。它们的尸体是什么样子？没人知道。万物一定是要死的。死是活的对立面，是活的另一种形式。金丝燕的死，与它们的活无关，既不是活的对立面，也不是活的延续，更不是活的任何一种形式。它们的死不见了，没有尸骨，没有遗言，它们的死是彻底离开，忙忙碌碌的一生戛然而止。

它们一辈子忙于暂时的状态，一辈子停于永远的状态。

如果“暂时”不可信，那么“永远”还会坚固吗？

幼年时总在夏日的场院里听老人讲神怪故事，其实是鬼故事。我们听得津津有味，半夜都不敢回家了。满天的星光压低了夜空。老人不仅是故事的携带者，也是创造者。他们的故事充满了传奇性与神秘，让我们既害怕又充满了向往。

多年以后我也会成为老人，也应该是一个讲故事的人。我叙述的故事，添加的细节，能否达到那些文盲老人的效果？我不敢确信。我也不敢确信是否还有孩子愿意围坐在身边听我哑着嗓子细细地讲。如果真的那样，他们的家人会不会警惕地把他们喊回去？

城市里没有这样的场院，没有高高的麦秸垛，没有随风飘来的远处杏树的淡香，没有地面升起的热燥之气，没有忽而钻进麦秸垛的一条花蛇，惊起一阵呼喊。

在故乡，我的九十九岁的奶奶可以看到一个孩子过满月，在土路上摔破了脸。看到他长成半大小子，敲着锣在街头叫卖油条，然后结婚生子。那人的两个儿子也逐渐长大，各自成家。儿媳妇和他吵架，和好，再吵架。直到有一天，他头发灰白，卧病在床，两个月后被埋进村东头的坟地里。一个人的一生完全呈现在我奶奶这样的旁观者眼中。

今日的故乡已非昔日故乡。我对那个农村并无留恋之情，那种生活的逼压让人无望。我为成为都市里的人而欣慰和庆幸。但我也丢失了什么。

我在这里看不到消失。

在匆匆忙忙的脚步中，我旁观的只是一个人的一部分。那些人有着各自的走向与可能，他们的人生丰富多彩，星罗棋布。但我看不到。手搭凉棚，望眼欲穿也看不到。事件的洪流把我推向另一边。我的眼睛望向了另外一个地方。那么多地方，我随便这里扫一眼，那里扫一眼，一辈子都看不完这个世界。

就像这个中午，火热的、暴烈的中午。它所呈现的，在一个打量者眼中，就是这个小区的全部。

我自己扮演的也只是一部分角色。好人、坏人、弱者、轻狂者、沉闷的人，一件事就会粗暴地将我定性。别人看到的我的一个细节，就是我的一生。

这么多的人，这么庞大的城市。人不可能无止境地增长下去。有一些人离开了，连手都没挥一挥，再也不肯回来。有些人消失了，但你却不知道他是怎么消失的。凭空想象，他们有的是老死在自己的床上，有的是遭遇车祸，出了意外。有的从高高的脚手架上掉下。还有的倒在了地铁口，周围的人七手八脚把他抬起来送到医院，却再也没法把他唤醒。有的自己解决了自己，方式惨烈。

那些死去的人去了哪儿？

你随处可见生长，轻易见不到一个离开。每一个出生和成长都被张扬与放大，每一个离开都悄无声息。有一些是人们刻意忽略，不把“离开”和“死”当成生命的一部分，不愿意提到“死”或者“丧事”这些“不吉利”的字眼。即使有，也装作看不见。看不见就是没有。那么多重要的事让人忙忙碌碌，让人充实与幸福，为何要耽于忧伤，耽于发呆？为何要仰望星空？虽然灯光已经吞噬了星星。人们把逝者送到殡仪馆，哭一场，回来即刻投入热烈的生活。我参加过的葬礼，多是在早晨。越早越好，人们甚至不愿因此冲淡这宝贵的整整一天。

这个中午被生机所控制。生机贯穿了一切，如一束光，照亮天空和大地之间的一切事物，遮掩了生活的另外一面。

在烈日下，不大不小的风中，慢慢地不断成长的一个城市。这些人的气质就是这个城市的气质，这个城市的气质就是这个中午的气质。

# 躲进南方的深夜里

我是到深圳两年之后才发现这里还有夜晚的。

忽然地，眼前一下子亮了。天空打开了。满满的蓝，满满的白云在流荡。有点刺眼。

然后，这一切都黯淡下来。我揉揉眼睛，才发现，哦，已经是夜晚了。

我一度以为深圳没有夜晚。尽管我也会躺下来睡觉，辗转反侧睡不踏实，有时候又鼾声如雷像头死猪。有时候也会跟朋友一起去吃宵夜，喝到人事不省，醒来嗓子冒烟一样，渴得难受。有时候几个人“斗地主”一直到天亮。

但我感觉不到夜的存在。

那么多天，我仿佛连续蹚过一个又一个二十四小时。

白和黑之间没有过渡。白天和白天像一个车厢和另一个车厢，互相连接着。从一个白天到另一个白天，你看不到挂钩。街道上那些面目模糊的人，步履匆匆。他们从昨天走向今天，从今天走向明天，你无时无刻不能看到他们。奇怪的是，你并不厌倦。

那些花，通红的粉红的浅黄的花朵，雕塑一样打开着。八个小时后看见它，是打开的；再过八小时，还是打开的；再过八个小时，没什么变化。它们用不着闭合，也不休息。它们的坚定实在不可捉摸。

气温也是。二十四个小时之内，可能都在二十六度上下。刚才是大汗淋漓，一会儿还是大汗淋漓。刚才是凉爽的风，这会儿还是。这一天哪里有什么变化？

甚至季节。春夏秋冬，有四个名字，换来换去。你从春节的白天走向秋季的白天，身上的衣服都不用换一件。如果是个懒汉，你尽可以躺在一棵树下，一个姿势冷眼看季节轮回，冬去夏来。

黑夜呢？它是白天的背面，是白天的反动和补白。它不是平白无故就存在的，它一定有一种神秘的力量，可以颠覆一些在白天形成的定见。而在深圳，也不知道经过了怎样的密谋，达成了怎么样的妥协，反正它们合流了。

直到那个恍惚的傍晚，忙忙碌碌的我，短暂性失忆，忘记了自己这些天到底做了些什么，忘记了自己说了哪些话，忘记了自己为什么从那么远的地方跑到这里来。还原到初始状态，脑子里灵光一闪，看见夜正一步步向我走近。



突然打开的这一个个夜晚，让我踏实下来。沉浸其中，一个人便不再孤单。

逆行而来的电单车拉客仔；背着背包、心事重重的学生；路边摊旁，期待着路人看自己一眼的摊主；打着领带，手里举着楼盘牌子的中介小哥，灯光一晃，依稀可见牌子上写着“仅售1045万元”；后背上标着明显logo（标志）的外卖小哥；一边骑车一边打电话的快递员；小区里摆布音箱准备跳广场舞的老人；牵着孩子匆匆走路的家长……

地铁里拥挤的人群，都晚上十一二点了，还是摩肩接踵的样子，面孔都很年轻。

单独的一个场景，会出现在任何你去过的城市。而深圳的夜晚，塞满了各种人和事，每天有比这些更多的事物杂陈在一起，它们让夜晚一点缝隙都没有。

你顾不得抬头分辨一下是白天还是黑夜。你沉浸在里面，卿卿我我，沾沾自喜，洋洋得意，乐不思蜀。

北方的夜没有这么满，那里要稀疏得多。稀疏让它显得浩大。抬头看见天空，穿越一座座高楼，不远处的虚空，是望不到底的黑，让你身不由己变得渺小。你是高官，你有钱，掌管着一个公司，你有人脉，你呼风唤雨，但如果紧紧盯着那块黑幕，你也会逐渐委顿下去。

那是斩钉截铁的不同。

所以天稍微黑一点，你就马上感受到了。它仿佛一道命令，让所有的事物都停止下来。再忙的事情，只要一句“天黑了，明天再说吧”，别人就不好再说什么，没有任何理由反对和抗议。

也许夜本来就在你的身体里，隐藏在你的骨髓中。外边的夜只是将其召唤出来，内外趁机融为一体。你的身体也洋溢出一种说不出的浩大。

你在夜里没有自己。变大还是变小，都是黑夜说了算。

我是多么害怕天黑。在东北生活十八年时间，一过了九月二十三号，秋分，白天一日日变短。直到来年的三月二十一号，我都一天天数着。冬至前后，天最短的时候，下午两三点太阳就已经恹恹的，再过一会儿便黑透，像铁一样坚硬。

黑得毫无回旋余地，看不到希望。这种感觉会从心底逐渐扩散，漫延至全身，至身边的每一件事物，至整个外部空间，至你必须经历的半年时光。至少半年时间，都生活在这种凝固的漆黑里。

这段漫长的时间也是最冷的时候。积雪冻得梆硬，穿着大头棉鞋，踢到上面就像踢到了石头上。人们穿着厚厚的衣服，像个狗熊，脸都不能露出来，互相拥抱也感觉不到体温，所以这时候不适合谈恋爱。

也不适合在街上走路。那是一种钻进骨头的冷。超过十分钟，全身

深圳的黄昏，让每个人都凸显出来（欧春健 摄）

就冻透了。你和恋人或朋友走路的时候，往往谁也顾不上谁，各自匆匆忙忙地走，只想找个暖和一点的地方赶紧安顿下来。心里有多少爱，有多少话，都懒得说出口。那些话还没出口就被冻住了。

一个人走路，不小心滑倒，摔一个跟头，有的还会摔断胳膊腿。这时候千万别笑话别人，明天也许就轮到你。

黑只要是和冷结合在一起，那就是没有办法的。黑，笼罩着冷；冷，抱紧了黑。冷，让你无处躲藏；黑，拒绝接收你。你硬着头皮往里面钻，想躲藏起来，但始终钻不进去。太硬了。

整个晚上，昏暗的灯光都愁眉苦脸。谁都不愿意在这样的灯光下多待一会儿。

所以大家都早点睡觉，假装看不到外面的天，外面的黑。躲在暖气笼罩的屋子里，酣然入梦。这样的夜晚，失眠真是一种巨大的惩罚。你要用自己的清醒去暖化这种冷，就像用哈气去暖化整个冬天。无能为力你也得忍着。大家都要假装睡得着，睡得香，像谎言重复上千遍，它便成真的了。



长途跋涉到了南方，可以庆幸不用担心失眠了。尽管我很少有失眠的时候。年轻时因为某些事曾彻夜未眠，不久就会发现那是一件根本无足轻重的事。越站在时间的高处，那些事越显得渺小，没有一件能够影响后来的方向。而真正人生的转折点，往往一下子就滑过去了，你来不及前思后想。此后我时时提醒自己，做个没心没肺的人。

我经常上夜班，晚上十二点或者凌晨一两点，透过窗玻璃，看到前面的居民小区，每座高楼里都有灯光亮着。在这没有四季的地方，一张一张四四方方的嘴，一个姿势张开着。它们绵延了自己的白天，让我看到了另外一种生活方式。

有那么多人陪着我，我就不必显得孤单。即使失眠了，我也是前呼后拥的。

这种放纵和放松警惕，让我睡眠变得不好。原先每天八个小时雷打不动的睡眠变成了五六个小时。偶尔有一天超过八小时，就觉得自己赚了，像是中了一次彩票。当然，这也跟年龄有关。年龄渐长，身体里或许发出了时不我待的信号，睡眠明显少于年轻时。

在南方的夜晚，我睡觉时经常盗汗，尤其是春秋季节。半夜醒来，后脑勺上都是汗，把枕头都打湿了。这时候就奇怪，我身体里怎么会有这么多的水。而我平时不怎么喝水。南人喜茶，各种名目的茶道，我始终提不起兴趣。

身体里的水渗出来以后，我的体内会缺少什么？有人跟我解释了好多医学知识，应该注意这个注意那个之类，但我不以为意。多余的水可以把身体里不需要的东西带出去。每个盗汗的清晨醒来，我都觉得一身轻松。

有一次跟某画家吃饭。他只吃菜，不吃饭，并说米饭与面食含有太多碳水化合物，易发胖，所以其养生秘诀是从不吃饭。另一次是与某国学教师吃饭，他直接点了三碗米饭，很快吃完，没夹一筷子菜，荤素不沾。他说世上最有营养的就是米饭，配菜会影响米饭的本性。所以他从不吃菜。

记忆里，两人气色都不错，不胖不油腻。

各种养生理论，也许只是一个人的生活借口。有人借此让自己舒服，有人借此折磨自己。他们开心就好。

所以我把盗汗看作是一件对身体有益的事。

如果晚上睡不着，我也可以出去宵夜。在北方，晚上九点就要关手机睡觉，此后给人打电话是很不礼貌的事。在这里，晚上十点多打电话约人宵夜都很正常。打几个电话，总有几个同样心境的人，匆匆从另一个深夜赶到你的深夜。

吃是连接白天与黑夜的利器。深圳人天天都在吃，他们从凌晨吃到天亮，从上午吃到下午，从下午吃到傍晚，从傍晚吃到深夜。他们一刻不停地吃，生怕耽误一会儿就丢失了什么。

那种名为早茶的东西，其实是早餐和午餐的综合体，包含各种小吃。虾饺、烧麦、枣糕、凤爪、皮蛋瘦肉粥之类的。各大酒店都有供应，乌泱乌泱的好像公共食堂。尤其周末，常见一个家族的十来口人团团站在门口等位。

然后是午餐，下午茶，晚餐，宵夜。

宵夜让岭南的夜更像一个白天。大街小巷的饭馆门前都是饥饿的人。不明白他们为什么总是这么饿。

单位对面有一个三毛砂锅粥，傍晚开门，营业到凌晨四五点。都说宵夜影响身体健康，但食客们依然孜孜不倦地吃。等吃早茶的人陆续出来了，宵夜者才准备回去休息。砂锅粥以粥为主，兼卖酒菜。我比较喜欢这家店铺里的蘸水豆腐，据说属于潮州菜系，单薄的油炸豆腐，放在盐水里蘸一下，吃进嘴里，仿佛没有。正好可以下酒。

去年夏天，单位门口冒出一个烤蚝的摊位。几个忙忙碌碌的年轻人，每天晚上十一点多出摊，开蚝、烧烤、端送、收费，各司其职。十来张小桌，每天都能坐满，还有人站在旁边等着。下了夜班，总能看到成双成对的年轻男女坐在那里吃，也有形单影只的貌似刚下班的白领。一打烤蚝，两三罐冰镇啤酒，在暑气渐消的晚上，在芒果树下的阴影中影影绰绰地吃着。他们是夜晚的魂魄。走过多次，我都看不清他们的样子。

他们也不知道有个路人的心中一闪念地想了他们一下。

蚝有什么可吃的呢？蚝本身没有味道。那是地沟油加粉丝加蚝，在烟火的烘烤下发生了化学作用。

他们主要还是吃作料。从食客中间穿过，我常常被浓重的味道吸引。

在一个地方待的时间长了，才能逐渐感受到这个地方的皮肤的跳动。到了一个城市，朋友领到一个饭馆，点一碗正宗的本地面，说这是本地最有名的。正襟危坐地仔细品了，心想，也不过如此嘛。领你来的朋友满含期待地问，怎么样？你只能说，好好。但脸上的表情暴露了你的心思。朋友张口结舌说不清，只为你的不贴心而失落。

一个事物的好，怎么可能是一惊一乍的好。一定是简单的，润物细无声的，让时间引领着走过去的。

一种小吃总要吃上几次几十次才能渐入佳境，得其妙处。一见倾心的食物，吃几次也就厌倦了。天下哪有神仙妹妹，往往是一个普通女人看得久了才成女神。有的女神看得久了又成普通女人。

一份炒米粉有什么好处？听一个朋友绘声绘色地讲自己对炒米粉的倾心，我怀疑他是沉浸于以炒米粉为标志物的一种生活方式，或者是往日的一个印记。

那些食客白天太忙了，有那么多事等待着他们。他们被暑气驱赶着，忙忙碌碌地跑来跑去。晚上，驱赶他们的人也累了，也要休息了。驱赶的和被驱赶的，都要用吃饭去打发一天中剩余的时光。这时候，他们都回归了自己。

再过些天，烤蚝摊不见了。应该是附近居民投诉，也可能是保洁员投诉了他们。每到晚上十点钟以后，人行道上便出现一个三轮车，三轮车上有一个大牌子，上写“烤蚝摊搬至对面三毛砂锅粥”，连续好几个月都是这样。

那些吃一次就成为回头客的人们，被招牌牵引着，从芒果树下走到了砂锅粥铺，从黑夜走向了白天。

白天的酸甜苦辣全部散去，如同水落石出，只剩下一块无边无际的黑色的幕布。那是忧伤。忧伤像个无底洞，把生活最本质的一面暴露出来。

记忆里很深的一次在十多年前，那时我还没来深圳。我们做都市报，每天都要抢各种新闻。一个寒冷的冬夜，报料人打来电话说人民大街上发生车祸。我们都要签版付印了，赶紧撤稿等稿。

一个年轻的清洁工下班骑自行车回家，昏黄的灯光下飘着清雪，一辆飞速而来的汽车把她撞到了人民大街的隔离带上，而她的家就在离事发地几百米的地方。

闻讯赶来的新婚丈夫抱着妻子的尸体嚎啕大哭，随后爬到轿车顶上又跳又跺，顿足捶胸。

记者一边赶稿子一边讲述，我转身看着外面越来越乱的大雪，想象着不远处那个从此将孤独一生的男人，想象着他悲痛欲绝的样子，感觉这雪夜实在是一个无底洞。

那是我对黑夜最深的感触。

那时我总是做各种各样的梦。其中一个是，我在屋子里睡觉，明确地感觉到门没有关严。外面有人在吵吵嚷嚷，我听得到，但深陷梦魇，拼命睁眼也睁不开，那种感觉太难受了。我听到喊声越来越大，听到有人在向我的屋子的方向“噔噔噔”地跑。我总得有所反应啊。但我的眼睛就是睁不开。

最后怎么样了，不得而知。

唉，我不要在这无底洞里过一生。

刚到深圳那年的暑假，妻子带着女儿来看我。朋友在一个饭馆请我们吃饭。吃完已是晚上十点多。我们把剩菜打包，一行人走出来。门口的暗影里站着两个人，其中一个白衣服的女孩儿说了句什么，我没听清，大家继续走。后来我听清了，因为她又说了一次：大哥，把你的剩

密密麻麻的楼群里，究竟可以存放多少个梦（欧春健 摄）

菜给我吃吧。我饿。

我没犹豫，下意识地把打包盒递过去。朋友把车开出来，我们坐上去。擦身而过的一瞬，我看见那两个女孩端着打包盒，正捏着牛肉片在认认真真地吃，应该是饿坏了。她们穿得干干净净，吃相文雅。我们一帮人嘻嘻哈哈的，没人注意她俩。妻子注意到了。回到住处，她跟我说，当时想下去给她们五十块钱。

我说我也是。

繁华的大都市里，到底流荡着多少漂泊者？从三十年前一直到现在，他们还在漂泊。这注定是一个漂泊的城市。白天的他们都要紧绷着自己，夜晚来临，有人可以回家，有人无家可归。有人吃饱，有人暂时挨饿。

如果是今天，妻子也许会说给那个女孩一百块钱、二百块钱。她已不太在乎这些小钱。在深圳定居的第一年，一家三口去一个游览区。妻子说坐公交车回去，我说天气太热了，打车回去。那次打车花了一百多块钱，妻子唠叨了好多次。我跟她说，在北方没有稳定、满意的收入，我到深圳来，就是不想再因为这点钱吵架。

当然不仅仅是为了多挣一点钱，我更想改变我们的生活方式和生活态度。

也就是另一种生活。

从出来的那一天我就没打算再回去。即使将来有一天回到长春，也不是退缩，而是另外一种选择。

但是，从南到北，心中的惶惑没有减少。

离开了一种惶惑，一定有新的惶惑。在原来的境况中，这后一种惶惑可能一辈子都遇不到。如果自己不主动选择变化，就不会遇到新的惶惑。说到底，我不是选择了一种新的生活方式，而是选择了一种新的惶惑。

并且，我对这种新的惶惑一无所知和没有预想。

从一个深夜凝重的地方，来到一个深夜浅薄的地方。浅薄的夜晚藏不住什么，她绝不站在白天的对立面，绝不自己构建另一个世界，它只是白天的同谋。

而我注定还是离不开夜晚。

深圳的这个夜晚，在我的恍惚中已经出现了。出现了就将永远存在。

难怪它是**深圳的市花**，跟深圳的气质太契合了。深圳**好像是**突然**冒出来**的，在南国盛开的一株粉红的**簕杜鹃**。

第五章

# 我在屋子里，远远望着街巷

# 雨骑着风来了

雨总是在晚上到来。

当然，白天也有。天气预报明明说没雨。一切安好，朗晴白日。穿着超短裙的女孩儿，踩着高跟鞋在树下咔咔地走着。一个妈妈把孩子放在共享单车的车筐里（这样做是不对的，写作白描手法，读者请勿模仿），慢悠悠地骑着。

忽然，一片云彩悄悄地飘来，头上一黑，眼前一黑，哗啦一下子，瓢泼大雨就浇下来了。连躲闪的时间都没有，只好手里有什么东西就使什么东西，手忙脚乱，挡在头上，螳臂当车，管什么用。瞬间全身湿透。

还没来得及愤怒，雨停了。好像谁跟你开了个玩笑。

湿透的女孩子继续往前走，但咔咔声不是那么稳健有规律了。妈妈和孩子也都湿透，共享单车倒在地上，也不扶起来（这样也是不对的，勿模仿）。

这种不好笑的玩笑，一年四季总有那么几回，夏天尤其多。

岭南的雨水，真是太频繁。

更多的雨是在晚上到来。

刚开始像风吹树叶的声音。

每个小区里都种满了树。棕榈树最多，也有芒果树，还有木瓜树。木瓜树多不是刻意种的，不知是谁，扔在地上几颗木瓜籽，一两年时间，就郁郁葱葱地长起来，隔着窗户露出半个身子，半夜看到会吓一跳。

树叶子很密集，尤其棕榈叶，长而尖锐，一片挨着一片。挤挤插插，也不嫌热。风一吹来，刷刷刷，刷刷刷。搞不清它们在说什么，只知道它们在不停地说。

它们一天到晚地说。白天人声庞杂，淹没了树叶。傍晚以后，天色渐暗，各种声音疲惫了，要停歇了，叶子们的声音便凸显出来。

细听，有时候是雨。雨打在树叶上，乐观的人可以想到一首歌，就是那首，嘻唰唰嘻唰唰，嘻唰唰嘻唰唰。

树叶声和雨声经常混淆。晴朗的夜晚，风吹树叶，刷刷刷；阴沉的夜晚，雨来了，也是刷刷刷。是阴是晴，在晚上看不清，只能凭声音听。这时候你就会佩服那些盲人。他们凭细微的差别，可以分辨出几张纸币的面值。

北方的夜，一阵秋雨一阵凉，飘零的黄叶从肩头掠过。凄清、落寞。有种世界走到尽头的感觉。

岭南的夜雨不冷。一个晚上的忙碌，连一摄氏度的热情都降不下。温吞吞的热，自始至终。

整整一个晚上，都是一个节奏。刷刷刷。刷刷刷。

有时候突然变得很急，像马拉松最后的冲刺，呼哧带喘，一步比一步紧张。但终究不会乱了步伐。

雨里有一种情绪，自带的文艺范儿。

半夜的雨，是青涩的、感伤的、轻灵的、拘谨的。如同年轻时的恋爱。伤痛、彷徨，纠缠不清，拎不出头绪，但有一种淡淡的撞不破的诗意。

到了早晨，疏懒了，放开了，不再是夜雨，是另一个雨。由多情的少男少女变成一个毫无禁忌的老爷们儿老娘们儿。

当年陈力原唱的《红楼梦》组曲，《葬花吟》《题帕三绝》《分骨肉》等，歌者与主人公们几乎结合在一起，“眼空蓄泪泪空垂，暗洒闲抛却为谁？尺幅鲛绡劳解赠，叫人焉得不伤悲”。多愁善感，弱不禁风。那种无尽的忧伤浸润听者的全身。

后来知道，陈力是我曾经生活过的某个城市的人。当初在那里接触过很多当地女性，尤其四五十岁的，嗓门大，有冲击力，粗壮，性别模糊。当然陈力不一定如此，但我还是不想见到陈力本尊，担心消解了原唱。

我愿沉浸在她的歌声里，就像沉浸在岭南的夜雨中。

有雨就有风。

风是雨的配角。一阵雨来，满大街跑着的人，都在躲雨，没几个躲风。风来了，人们更高兴。一下子凉快了。黏糊糊的身上，瞬间干爽。眼里刚要流出来的泪，也给吹回去了；如果流出来，就说是风吹沙子迷了眼。风走了，一切恢复如常。这一个小波澜，可以给人们提供一些理由。



没人注意风。风成了城市的弃儿。在城市里，很多东西都不见了。比如水井、稻田、阡陌、野菜、农具、马和骡子，还有风。

风是一种“有他不多，无他不少”的东西，丧家犬一样游走在街道上，被这个小区挡一下，被那个厂房挡一下，被坚硬的高楼大厦推得东倒西歪，迷失了方向。

在乡村的田野里，只要站定，辨别一下，你就知道风从哪里来，要到哪里去。风坚定而沉稳。但在城市里，风懵懵懂懂，你懵懵懂懂。这个楼门口风向东吹，那个楼门口风向西吹。它们是落荒而逃的一群小兽，四处乱窜。不知道哪里是出口。

我所在的城区濒临大海，原先还是有风的，叫作海风。现在它的地盘给数不胜数的外地人口侵占了。这些人建起了高楼大厦，砍掉了原来的树林，让风无处藏身，变成流浪汉。有句话怎么说的？不是东风压倒

在深圳街头，为别人打伞并不鲜见。我常常因此欣喜（欧春健 摄）

西风，就是西风压倒东风。在深圳，东风和西风都被压倒了。风没有一点抗拒的能力。

我们小区的南门，长着两棵顶破天空的榕树。一年四季，树下的风都很大，呼呼地吹着。明明艳阳高照，大汗淋漓，一走到这个地方，顿感凉意来袭。邻居们都到这里乘凉。他们说这是风口。多可怕啊，这个风跟几十米之外的风就那么不同。

孤独的风找啊找，后来终于找到了一个伴儿，那就是雨。

雨走到哪里，都愿意带着风。它们好亲密，有点夫唱妇随的意思。其实风不一定是雨的伴侣，也可能是情人，是闺蜜或者朋友。反正它们总在一起。也许是两个流浪的家伙，相互取暖吧？

风，让雨变得威力强大。它推着雨，一会儿飘向东，一会儿飘向西，一会飘向南，一会儿飘向北。雨荡着风的秋千，或者骑着风的座驾，来去自如。它不再是简简单单的木讷的水，而是可以灵活游走的武器，让人望而生畏。

假若只下雨没有风，人们尽管也要躲闪，但心里不怎么害怕，不过是水嘛，湿了就湿了。

风是雨的刃，抽出刀鞘可见锋利。谁知道它能干出什么事来。

它们相得益彰。互为彼此。

在台风季的时候，风又成了主角。人们说“台风”，不说“台雨”。

这个平日不显山不露水的家伙，一旦暴怒，十分吓人。它把广告牌摘下来，把树枝和树干从树上扭下来，把汽车推翻，把海浪撬起十几米高的一角，形成一道水墙，直接砸碎了仓皇的海船。它一路扫荡，甚至把房顶掀起来。雨在风的后面，像个小跟班，哗哗哗哗地，有点火上浇油的意思。风不管不顾了，有时候丢下雨，自己先跑到前面去。雨只好在后面追。

它们扫荡过后，狼藉一片。

这期间，它还会带两个孩子，一个是雷，一个是电。不知道是风雨自家的孩子，还是从哪里捡来的私生子。反正风雨闹得最欢的时候，它们都在场。它们总是跟着风和雨，刺眼地亮一下，然后咣当一声，让人心惊肉跳。

我喜欢用手机拍照。我很想拍到风，但我拍不到它。

风吹起来、雨下起来的时候，跟小孩子的哭一样，突然就振奋高亢一下，夹杂着一声巨雷，吓得你手忙脚乱地关了窗户。一个雷进来，可以把电脑炸掉，把衣帽间砸烂，瞬间摧毁你按部就班的生活。

忽而，雨渐渐平息，像一个跑步跑累了的人，苟延残喘，气息微弱，上气不接下气。不行了，累坏了，不跑了，不跑了，似乎听到它在这样自言自语。在风雨中挣扎了半天的你，期待着雨过天晴。但猛地，雨又高亢起来，持续不断地哗哗哗哗。

人在这种氛围里，是煎熬的、等待的、期盼的，哦，好像也有点莫名的享受。不知什么时候停下来，罪魁什么时候离开，事物往哪个方向走。岂不是很有意思？一切待定的事都不用做，如果不做，那是天意，是不可抗力。人怎么能和天意作对呢？人定胜天，多么幼稚可笑的想法，无知者无畏而已。还是要敬天法地，随着天道运行。冥冥之中总有一股力量支配着万物的腿和脚。

何况，那些该做的事不做又能怎么样，世界还不是照常行进？花儿还不是照样绽开？少了一件事，即使当事人，也不见得有多大的损失。忘记了，就好了。

风雨的无常，就像人生一样，你可能知道什么时候中学毕业、大学毕业，但将来工作时会遇到什么样的人？交好什么样的朋友，什么时候

即使你躲过了台风，还是躲不过台风过后的狼藉（欧春健 摄）

和什么人结婚？结婚在哪个城市里，将来生男孩儿还是女孩儿，抑或双胞胎？他们长大后又是什么性格，有什么样的遭遇？这么多的未知让你不安和焦灼，也有一点展望中的欢乐。

你最好不知道夜雨的一切。为什么要发明天气预报呢？它把不确定性给拉直了。这天气预报，貌似什么都知道，像一个碎嘴子的女人，随时在你耳边聒噪——这次是台风，别看现在雨势不大，一会儿会极端狂躁，风力十二三级呢。下雨喽，到阳台上收衣服喽。这次是太阳雨，别看很猛烈的样子，二十分钟后就恢复正常了……

天气预报被讥为世界上最不靠谱的语言，有时候它又确有点灵验。灵验又怎么样？没有了期待和未知的乐趣，没有了摸黑前行的颠簸，功利性太强，对风雨也是一种巨大的不尊重。

每一次风雨来临的时候都应该躲起来，摆出一副怕怕的样子。这才是对风雨的基本态度嘛。

真好啊，有一个可以遮风挡雨的地方。站在客厅里，你这样想。

越是风大雨急，这种想法越浓烈。你可以窝在沙发里看书、刷手机，可以看电视、发呆，看着外面的风雨，想着远方的姑娘——如果有这么一个姑娘的话。

从外面看，高高矗立的一座座楼房，是梆硬的、坚不可摧的。它们各自独立，但又相互遮风挡雨，似乎可以一千年，一万年，起码在你有限的生命里，它们的强度比你强。

凛冽的风和雨，击打在墙体上，简直像毛毛雨。再大的雨又怎么样？在这样的屋子里，感觉自己都随着屋子变得强大了。

遮风挡雨的，一定是楼房，而不是故乡的土屋。

农耕社会几乎都是那样的房子，就像杜甫在《茅屋为秋风所破歌》所描述的：“八月秋高风怒号，卷我屋上三重茅。茅飞渡江洒江郊，高者挂罥长林梢，下者飘转沉塘坳……俄顷风定云墨色，秋天漠漠向昏黑。布衾多年冷似铁，娇儿恶卧踏里裂。床头屋漏无干处，雨脚如麻未断绝”。每一个字、每一句诗都透着湿冷。人和风雨，只隔着一把土，一个草帘子。雨下在外面，其实也下在里面。人和泥土离得近。他走不到高处。

远古的农耕社会，从繁华都会到广袤的农村，人烟稀少，都是平房。人们一辈子连两层的楼都没见过。他们一生都贴着地皮，活着在地面上走，死了就葬到地底下。他们的身上都是灰土。抖落干净了，再刮一阵风，又是灰土。他们没得躲闪。

无论雨，还是风，都显得很大，很高阔。房子小，孱弱，风雨就大。它们和人一样，恃强凌弱。

而今天，我在这个号称一线城市的一个坚硬的小区里。风还是一千年前的风，雨还是一千年前的雨。或许，它们更大了，更有力量了，但在这个坚硬的房子面前，它显得可有可无。

我只需关上窗户，它们就彻底落败，只能在玻璃外面看一看我，成为我的风景。



那么大的雨，我还要出去办事。窗玻璃上的雨像委屈的女孩子的泪，一刻不停地流着，雨刮器用最快的速度晃动着。

出租车艰难地在马路上的积水上划过，我从侧面的车窗里可以看到溅起的巨大水柱。我甚至能强烈感受到车子的晃动。恐惧感由脚跟传导到头皮。我劝司机，不用硬闯，你应该把车子停在路边，咱俩都下去避雨吧。万一被困水中，这可不是好玩的。司机很自信地告诉我，放心，这段路我最熟悉，闭着眼都知道深浅。

旁边有几个骑着自行车的人。他们努力地前行，低着头，弯着腰，头发一律往后。风一吹来，个个都像树叶，飘摇欲坠。忽然，一个人晃了两下，狠狠地砸在地上，溅起巨大的水花。那一瞬间我们就过去了。司机轻叹了一声。

我的心本来是平静的，忽然跟着溅起巨大的水花。想到这么多人还在艰难地为生活奔波。有的披着塑料布当雨衣，有的骑着自行车在雨中狂蹬，有的为了一点儿钱还要加班，放弃了和家人在一起吃饭的时间。辛辛苦苦一个月的工资要养活老人和孩子，没有社保，买不起商业保险，有了意外只能听天由命。

自己就是从那时候熬过来的。我受不了一声别人的惨叫。

可转念又想到，我对他们的同情是不是有点滥情呢？

此前偶尔遭遇此类败坏胃口的事件。

一个摊贩，天天在路边卖菜。菜帮子和烂菜叶子雨一样从她的手里甩到地上，不小心踩到，打个滑还好，摔个狗吃屎也是正常的。一个清洁工走过去劝她不要往地上扔，不远处就是垃圾箱。她蛮横地说，你不就是干这个的吗？我不往地上扔，你还扫什么？你不就失业了吗？

她带着个孩子在公交车上吃瓜子，瓜子皮扔得到处都是。

他牵着孩子急急忙忙地闯红灯。孩子像一片叶子在他手里飘来飘去。一辆辆汽车紧急刹住，凄厉的摩擦声刺激着耳膜。

他骑着电单车在机动车道上逆行。司机鸣笛，他还愤怒地往车上吐唾沫。

在和你同一空间里，他以另外一种方式和思维生活着。你们不小心遭遇，彼此难免撞出火花。

转眼间，他在风雨中摔在地上。

如果有可能，你停下来，听他们讲自己的故事，讲自己的酸甜苦辣。你的同情找到了着力点。你们也在那一瞬间找到了交叉点。你的同情不再廉价，在这个同情里，你更多的是救赎自己。

但更多时候，你们在同一时间擦肩而过。你们注定一辈子是路人甲和路人乙。

你不用同情他，他也不羡慕你。大家各走各的路。

在雨中，所有的故事都没有结尾，没有结论。

雨过天晴是个很好的词汇。而潜台词，雨是一场灾难，是累赘。雨要是知道人类这样看待它，也许会生气。它对自己有判断。它可不是它自己，它是天地之间的通话。穹庐高高在上，大地广袤阔达，谁都能看到谁，可谁也不知道对方在想什么。离得太远，难得通一次话，哗啦啦，哗啦啦，情不自禁地说上了。

那就是雨啊。那就是天和地的交流啊。

沙漠里的天和地，都沉默寡言，一年到头也说不上一次话。岭南的天和地应该是话痨了吧？它们尤其喜欢在晚上讲悄悄话，第二天，天气晴和，就像什么也没发生过。其实，大地还珍藏着那些话呢，它把那些话放在石板和地砖下面。但藏得实在太浅，路人不小心踩上去，就会“刷”地溅出一部分来，把裤腿和袜子打湿。那些话让人耳热心跳。路人这一天都会被那些话缠绕着。

雨走了。仿佛什么都没变化，其实一切都发生了变化。你想想，布满灰尘的汽车是不是干净了？树叶是不是更绿了？钻出来的草芽是不是会撒娇了？还有蜗牛在树下爬出的一道白色的印痕，是不是也进到你的梦里了？

我在岭南的街头看到一群群脸上笑着的人。

# 一只鸟对另一只鸟说

每天早晨叫醒我的，可能是一只送我一个红包的蚊子，可能是一泡酝酿已久的尿液，可能是一声委屈的闷雷，更多时候，是一阵又一阵响亮的，突然爆发的鸟鸣。

这时天空已经发亮，窗帘微微抖动，但岭南的太阳还没出来。

鸟鸣是黑白之间的过渡，是一座声音搭成的桥梁。太阳正从桥的那端走向这端。

在白天，耳朵里塞满了吵闹。摊贩的叫卖，飞机的嗡嗡，工厂里机器的转动声。到了晚上，又有恶少的赛车轰鸣，无良业主的狗叫，宵夜时的划拳。

声音把人淹没了。当然很多都是人类自己制造的。

鸟鸣。此时是最安静的时刻，只有鸟儿在说话。比人类早一点开始生活的生灵，它们昨晚睡得也比我们早。

你不知道小区的树林里到底住着多少只鸟儿。它们一起说话的时候，如同平静的会场瞬间喧嚣起来。什么原因？没人知道。谁牵的头，谁策划的，谁是主唱？也没人知道。

同鸟儿唱和的，是蝉。蝉的叫声整齐而单调，有一只喊了口令，同类们一齐扯开嗓子。没有抑扬顿挫，只有单一的“吱——吱——”。鸟儿和蝉的出现规律如下：鸟儿集体说话的时候，蝉都沉默着，估计还在休息。过了一会儿，鸟儿们的声音渐渐黯淡下去，蝉们突然大声喊叫起来，这一喊就是一两个小时。间或夹杂着鸟儿的鸣叫，但已压不住蝉鸣，只能算是蝉鸣的伴奏。

蝉鸣的停歇，也像鸟鸣一样突兀。从树下走过的人，耳边明明还回荡着蝉鸣的余音，此时的寂静，让他恍如做了一个断崖式的梦。

蝉和鸟儿们一块住在树上，虽是邻居，似乎没什么来往。又没有专门的翻译人才，它们也听不懂彼此的话。

最早的人类应该都是用诗对话的，就像《诗经》中的句子，对称、简短。一群飞鸟在一起叽喳显得杂乱。单听一只，节奏鲜明，起伏跌宕，意蕴丰富。人类自然分辨不清它说些什么，和它对话的那只鸟却听一耳朵就心知肚明。每一个音节以及随之颤动的气流都能带来心电感应。那是诗人与诗人的对话。

又如犬只的“汪汪”，山羊绵羊的“咩咩”，同样的押韵，同样的短句式，指向多而丰富。人类最早的句子与此类似，那是诗。

但人又有惰性，当他不愿意动脑子或者无能力找到一个准确的词汇来表达自己时，就随手拿一些更简单的词汇、更绕远的句子，用于填充大脑的空白，掩饰无话可说的尴尬，并试图赋予这些句子更多的内涵。久而久之，诗歌消失了，臃肿的表述成为人类的日常。

鸟却保留了这种韵律和丰富性。它们的叫声就是诗歌。

是叫声，不是歌唱。

小鸟在歌唱。人们听到鸟声的时候，总愿意这样定义它。有的鸟鸣确实是一首歌。它们站在枝头，茂密的叶子掩映着流线型的完美躯体，抬起长长的喙，高唱了一首《我的太阳》。细雨中，躲在巢穴里的它，也会低吟一首《三月里的小雨》。

但更多时候，那叫声，是说话，是打散了又粘在一起的悲欢离合。

“起床啦，大懒包。我和你妈妈已经散步回来了。”

“我捉到一只虫子，就不给你吃。你上次也没给我。喳喳。”

“干吗抢我的屋子？我们全家辛辛苦苦忙活了一个星期才建好的。”

“儿啊，儿啊。”一个鸟蛋被风吹落到草地上，蛋壳碎了，黄色的蛋汁染湿了草叶。年轻的雌鸟向天悲鸣。

“小心，蛇来了，弟兄们躲藏起来。”

一只鸟从稚嫩的翅膀开始生活，到它死去，经历的喜悦、彷徨、惊吓和失落一定不比一个人更少。它在比人类短得多的年限里，要把这些人类的情感全部经历一遍。它们浓缩了人类兑水的生活。它们的个体体验更简洁，更凸凹，更锋利。因此它们的声音更明晰，更清越。

它们就那样大声地说出来，回音在天地间荡漾。也不怕无关的鸟听到。

它们不会把一部分想法变成秘密，另一部分变成招摇的炫耀。它们平等对待这些想法。凡是想到的，自顾自地说，不添油加醋，不偷梁换柱，不缩水。那些词汇在小区的树林间飘一会儿，卡在了枝杈上。在低矮的物业大楼的顶层站立一个下午，天黑都不肯散去。在游泳池旁边的草地上翻了几个跟头。

人类的一句话，往往有话外之音，带着各种玄机。鸟儿也有吗？同一个词汇，同一个音节、语调会有不同的态度甚至截然相反吗？如果有，是否要辅以表情才更完美？

这只鸟委婉表达的鸣叫，另一只能否领悟到？

想来不会这么复杂。复杂的事物都喜欢沉默，甚至沉默一生。鸟儿不是。

鸟儿们叫了就叫了，对与错，它们都是自己负责。也不收回去，也不做更多解释。

在岭南，无论秋冬春夏，四季的绿树与鲜花，四季的鸟鸣。你却很少能看到它们。它们悄悄地来，悄悄地去，悄悄地生，悄悄地死。死掉的那些，尸体去了哪里？

依然在天上。天空是它们的家园。无须分为两室两厅、三室三厅，鸟鸣所及，就是它们的身影所及。在河边偶然看到的那只鸟尸体，羽毛上沾满了泥土，它被魔鬼拽住了，再没来得及回到天上。

它们是空中的动物，汲取雨水和阳光，驾驶着云朵，一直在高处俯视我们。它们对自己的同类说话，也对人类说话。看到了那么多事物的真相，肯定会忍不住告诉人类。它们很着急的，发自真心地要提醒他们。

可惜人类认为这些都跟自己没关系，他们有眼前的事要忙。他们把所有的鸟鸣都概括为“叽叽喳喳”。把所有带翅膀的，需仰视才见的动物称为“鸟”。他们知道什么是麻雀、燕子、杜鹃、斑鸠，但不知道什么是红耳鹎，什么叫黑脸琵鹭，什么是黑领椋鸟、鹊鸲、缝叶莺。

又有什么区别呢？这很重要吗？

也许，对一只鸟来说是重要的。在人类眼里，所有鸟儿都差不多。但这一只鸟和那一只鸟一定有所不同。它们有自己的妈妈和其他亲人，有自己的生活经历，有自己固守的叶片和草坪，需要分别有一个不同的名字，陪着自己度过一辈子。不用说莎莎、心怡、梓潼、叔宝之类，就像熊大熊二一样有个序号也是可以的。

如果我有这个能力，我会给鸟儿们起一个更认真的名字。其中一只叫王国华，对应着人间的王国华。地上有一个叫王国华的人，天上也有一个叫王国华的鸟。有一只叫李爱华的鸟，一定因为有一个叫李爱华的人。那些鸟是人间的灵魂。人活在世界上，有些话不能说，不敢说，不好意思说。鸟儿就在天上替人说出来。鸟鸣是人类语言的提纯。

所以人们必须时不时听到鸟鸣。听听身边的人，在天上说出的真心话。

天上的鸟话多，地上的鸟话少。落在石凳上的鸟，说得不多也不少（欧春健 摄）

自始至终，总有一只闭嘴的鸟，清晨的微曦照耀着它。它左顾右盼，从早到晚。它一生都懒得张嘴，什么都不肯说。只是居高临下地俯视着众生。这只特立独行的鸟，不是你我他，是你我他之外的另一个存在，而我们都看不见它。

# 簕杜鹃是最后一个离开的

那盆簕杜鹃死了很长时间后我才发现。它的尸体横陈于阳台的边栏上，死得一点都不悲哀。枯黄的叶子傲娇地挂在枯干的枝条上，腰挺背直，精精神神儿的，让你以为植物即使生来如此也不错。某年，一个陕西女歌手用方言演绎了一遍流行一时的《演员》。有人说，听完这个版本，几乎忘记了薛之谦的原版。看到这株黄灿灿的植物，你也许会轻松抹掉对植物的绿莹莹的记忆。

看样子它死去起码有一个多月了。也就是说，我至少一个月没跟它发生关系。这并没影响我什么。如果影响了我的什么，我一定有感觉的。我只是偶然到阳台上转一圈，偶然看了它一眼，偶然发现了它的死。

我对它曾经很在意。搬入新家的时候，我非常想拥有整整一个屋子的植物，就像拥有一个妻子、一个女儿、一排书架、一个厨房、一个能够容下我“葛优瘫”的沙发。它们都是我生命里不可以缺少的物质。

我买了绿萝、白玉兰、红掌、发财树、多肉……摆放在各个屋子里，但独缺一盆簕杜鹃。

不知为什么，我就想在阳台上摆一盆硕大的簕杜鹃。

簕杜鹃又名三角梅，出游时在云南和厦门一带都见过。深圳街头遍布着簕杜鹃。乘公共汽车从世界之窗一带经过，满眼的粉红啊。粉红本不具侵略性，但那么一大片粉红，把心思染得瞬间变色。什么黑色、蓝色、白色、黄色，以及跟黑色蓝色白色黄色有关的情绪，都被瞬间碾轧了。

深圳缺少忧伤的底蕴，或许跟簕杜鹃有很大关系。它太强大，无处不在。蹲在路边，站在楼顶，躲在墙角，扒在墙头。看一眼，刚刚积攒的一点忧伤“唰”地一下飞走了。

阳光下，簕杜鹃的每一片叶子都被照耀得发亮。阳光走遍它的全身也没办法动摇它的想法。下雨的时候，它们仿佛无处躲藏的小学生，低着头，忍着打击，心里在说：“你来呀，你来呀”，而雨后，叶子更亮了，花朵也更亮了。它还有什么可怕的呢。风来了，跟着风摇头就好了。

它们不是一株花，弱弱地任人搬来搬去；也不是一棵树，有直直的枝干。它们就是一根一根的藤条，各自独立着、纠缠着、拥抱着，成为扭曲的一大团，然后鲜花掩盖了这一切。

有如此显眼的花，谁还在乎滋补它的枝干和根是什么样子。在街上见到一个风姿绰约的女子，一下子被其美艳打动，产生了非她不娶的想法，你何尝想过生她养她的人长什么样子。

那么多的随时可以撞见的粉红，并不让人觉得厌倦。一朵又一朵的鲜艳，各有各的方式。

那次把车停进一个小区，车位旁是一个垃圾收集点。一抬头，好大一坨簕杜鹃，就在小平房的屋顶上，像一颗粉红炸弹爆炸了一般，直扑我的眼睛和心胸。非常突然的粉红。它就那么愣愣地绽放着，不管不顾，一意孤行，拦都拦不住。

难怪它是深圳的市花，跟深圳的气质太契合了。深圳好像是突然冒出来的，在南国盛开的一株粉红的簕杜鹃。

某一天，居然在垃圾箱旁边发现一株被丢弃的簕杜鹃。一只肮脏的花盆，懒散地躺在一堆垃圾上。花盆里，横七竖八的枝条，虽然被捆扎着，依然根根都散发着不服气的气息。

我将其抱回家，擦干净，整理好枝条，看到了一两朵偷偷摸摸的、满含着警惕的浅蓝色簕杜鹃。

既然粉红那么容易被人接受，它为什么还要长成蓝色？应该不是为了万紫千红的热闹。它也没有为人间增添色彩之类的使命感。所有的色彩都要从自己的理由出发。就像一条鱼，可以选择当鲨鱼，选择当大马哈鱼，也可以选择当金鱼和小丑鱼。

哦，那似乎不是它们自己的选择，是冥冥之中有什么东西替它们做了选择。

对于这株簕杜鹃，我高估了自己的爱。

有段时间我像初恋一样，房子和房子里的一切事物都让我怀抱着巨大的兴趣，每天挨个儿检查一遍，审视一遍，顺便给簕杜鹃浇一些水。

簕杜鹃摆在阳台的边缘上，后面是铁栏杆，栏杆外面是蓝天，蓝天上飘着白云。对面是我。我平视着它，看棱角分明的叶子绿得有节奏，理直气壮。看枝干越来越骨骼清奇。怎么看都不厌，怎么都喜欢。

以前租房子的时候，曾替房东养过几盆簕杜鹃。房东叮嘱我每天记着浇水，边说边大刀阔斧地接了满满一瓢水，劈头盖脸倒在花上，水珠四溅，我穿着拖鞋的脚都被溅湿了。

那时我一个人在深圳闯荡，很无聊的，看花浇花也成了休息的方式。我站在花的面前，感受着它的些微变化，观察是否有小虫和蝴蝶飞过来。慢慢也得出了两个结论：簕杜鹃喜水，两日不浇叶子便委顿；它很皮实，无须细嚼慢咽地浇水，随便给一点就好了。

常态的爱注定是要疲惫的。或者说，我对植物缺少常态的爱，是一时头脑发热。

我养的那些花陆陆续续死光了。红掌第一个死掉的时候，心里还小

河两岸是簕杜鹃泼出的粉红

小伤感了一下。后来就习惯了。玉兰死了，多肉死了，发财树枯萎了。

我一直没问自己，它们是死于我手吗？如果在别人家里，它们是否仍兴高采烈地绽开着？

唯独簕杜鹃还在阳台上活着。它具体活到什么份儿上，我已经完全不关心。只是偶尔看到它，想到，哦，它还活着。赶到某个周末，我也会心血来潮，连续两天给它浇水，心说，这些水够它活半个月了吧。仿佛它是骆驼，长着驼峰，可以储存水，随用随取。

给它浇水时我想到常年站在路边的那些簕杜鹃。没人照顾它们，靠天吃饭，人家不也活得很好吗？家里养的却这样，几天不浇便甩脸子，使性子，给谁看呢？我又不爱你，只是养着你，没要求你关心我。不求索取，你还有什么不满意的吗？

我还写了一首长诗，陈述我和簕杜鹃的关系。那首诗名为《绽放》，全文如下：

你伸出的枯枝
比寡妇还绝望
大太阳烤尽最后一点声音
每一个字都干涸了
死在求助的路上

你这木本植物
被种到花盆里
谁比你委屈　谁比你狂躁
握住根系的泥土
仿佛病人捏紧床单

叶子睡在脚下
再也不会醒来
亲人一片一片离开
枝干更加孤单
一根支架扶住你晕倒的胳膊
你只好拉住他　与他相依为命

一抔水就可以救你
但阳台外面天空湛蓝
云彩美丽　只为自己美丽
一团一坨　飘来飘去
看不到你伸出的呼喊
比哑巴还喑哑

你半夜种下梦想
梦见电闪雷鸣
雨水骑着闪电
耕种你脚下的土地
战旗猎猎　抗争就此展开

事实上
是我浇了一瓢水
第二天又浇一瓢水
第三天再浇一瓢水
我数着残缺的手指
把浇水当成了日子

洇湿的泥土上小虫歌唱
你的嫩芽开始呼吸
你绿莹莹地笑着
一丝失落闪过心头

这又有什么呢
它不是施舍　也不是爱
不是我救了你　是水
我是一个意外
和阴天的雷雨一样
都是你生命中偶然的闪过
然后杳无踪影
就像你盼望的　从没来过



很多的爱，都是自我暗示的，但爱来爱去最后还是淡了，没了。持续不了一生的。持续一生的，是幻觉。

更多的时间里我在忙忙碌碌，似乎每天都有很重要的事。没有我关注的日子，簕杜鹃在干什么呢？

它无所事事地站在那里。脚酸腿麻也不换个姿势。我做我的事，它开它的花。几次想起来，以为它快死的时候，去看它，虽然病病恹恹的样子，但还好，一抔水就让它精神焕发了。这让我产生了小小的幻觉，以为它真的很没皮没脸。很长一段时间，我都是想起来就给它浇一点水，想不起来就算了，反正也没人监督我，我和它也没签订什么合同，不受约束的责任就不算责任。

后来才知道，除我之外，岳父也一直在给它浇水。它能挣扎这么长时间，还多亏了岳父。岳父在阳台上种了很多菜。浇菜的时候，顺手也倒一点水到花盆里。

我预知到它会死，但想不到它这么脆弱，这么决绝。它挺过了那么多次的煎熬、痛苦，我以为它能挺过以后更多的苦痛。但我错了，它终于忍受不了我的无视。

它是慢慢死掉的，还是嘎巴一下子，毅然决然地断了气？断气的那一刻是超然，还是怀着无限的眷恋？这些都不重要了，它在另外一个世界里，也会遇见春暖花开。

簕杜鹃早晚都要死，它的死和我们的死一样，是天意。

我却要为身边的每一个天意负责。

我又给它写了一首诗，名为《死去的植物》：

叶子枯干以后再也不会恢复到绿
紧紧抓住泥土的根须在慢慢松开
小小的尘沙旋转几圈就会落下
黄叶被风吹走一只就少一只

死是一个不肯间断的行为
猝不及防的死就像亲人的死
很快就会习惯
震惊和伤心明天就看不见了
明天看不见的事物还有很多很多

“来了就是**深圳人**”，最初看到**这几个字**，惶惶的**心跳**平静下来，但还是有所犹疑。在这个城市待的**时间越长**，就越感受到这句话的力量。

第六章

# 这个人已经回不去了

# 我要去接一个人

我要去接一个人。

我把车停在机场出站口，仰靠着座位，一手搭在方向盘上，轻轻击着节拍，安静地等一个人。也许是一群人，比如我的家人。老人、孩子、妻子，大包小裹从出站口涌出来，我下车打开后备厢，把行李一一放进去，摆好，砰一声扣上。然后打开车门，让他们上车。为不影响后面的车，我要尽量干净利索，稳准狠，不拖泥带水。就算这样，后面的车还是忍不住鸣笛催促。我上车，打开空调，隔开外面的湿热，凉爽之气扑面而来，全身的汗毛孔一起张开歌唱。车载音乐响起，亲人们一路的焦躁逐渐平缓下来。



一段时间内，我脑子经常蹦出这个画面来。那时我刚到深圳。我要让生活发生变化。在东北生活十八年，今天复制昨天，明天复制今天，一张张复印下去，简直可以看到自己六十岁后的样子。那个苍老的样子让我害怕，甚至恐惧。我要逃离，逃离了东北就逃离了时光。

谁不会老呢？“老”有什么不好，我不是经常盼着快点老吗？

我不过是要逃离。怕老只是个借口。

总觉那些在异乡用力赞美“家乡”的人可笑，他们的“家乡”人好物好风景好，可以盛放心灵，可以安放身体。这么好你为何还离开它？你投奔的那个地方在你的判断中肯定比“家乡”要好一点点嘛，你爱它要比“家乡”多一点点。你已经用脚投了票。

何况东北还算不上我的“家乡”，我的故乡是河北阜城县。我从出生地出发，一个一个地走，一个一个地爱，直到最后一个，我都不清楚算不算是最爱。或许我只是走累了。

逃到了深圳，我渴望的变化终于冒出小芽。

离开长春时，一个老哥对我说，你到深圳后一定再买一个房子，长春的房子也留着不卖，这说明你在外面混得牛了，让那些不挽留你的人后悔去吧。我忽然笑起来：我要离开，是自己要离开，不是跟谁较劲。地球少了谁不转啊，来地球一趟，就是打一次酱油而已。

不过，我要是开上了车，还是会有一点震撼效应。十多年前，管理还比较粗放，驾照很容易到手。一个同事说，明天去考个驾照，交上钱，马上拿本。即便这样，我也没有去拿。我一辈子都不会开车的，一是穷，二是机械盲，要驾照干什么。关键是，我的朋友们也都这样认为。我不适合开车，恰似母猪不会上树，天然的。

既然要变，就从开车着手。

其实那个机场接人的画面根本出现不了。私家车不让停在机场出站口。

但我还是愿意这样想象。以前设想的很多场景都应验了。

有几年，我为了锻炼身体，经常在冰天雪地里步行上班，一身大汗地踏进单位大门，总会遇到那个长着刀疤脸的保安。保安自称有编制，偶尔拦住人问东问西。有时候，一天拦住同一个人问好几遍，哪怕你天天进进出出，他明明已经很熟悉了，还是拦住你。没人相信他是工作负责。衣冠楚楚的人他一个都不敢问。或是为证明自己的权威性，或是闲得慌，调戏一下别人。总之大楼里好多没有编制的年轻员工都想揍他。我常想，将来我去了深圳，再回来的时候，他还在吗？如果他刁难我，我是直接怼他，还是视而不见，大步流星走进去？

你看，我还真就到深圳来了。

我只想成为这来来往往的汽车中的一个，过不显眼的、庸常的生活

一件事，时不时假设一下，这件事就成了。生活便由这一个个想象搭建而成。

周星驰说过，人没有了梦想，跟咸鱼差不多。

梦想太大了，一般人扛不住。“想象”两个字也可以凑合一下。

后来我在微信上晒开车的照片，很多人表示吃惊。直觉告诉我，他们的吃惊是真的。遇到意外的事，我常说“习惯就好了”。当初我把写诗的笔名改为“王大块”，文友们说气质严重不合，用上几次后，不也挺好吗。

王国华开车，意外不？意外。习惯了就好了。当初我一个纯洁美好的人，本来应该是个老司机，你们逐渐习惯了我不能开车。现在到打破旧习惯、适应新习惯的时刻了。就像我在东北十八年，饮食偏好、处事方式简直已是天然的东北人。我一个河北人，实实在在成了东北人，你们习惯了，我自己也习惯了。而现在，又都习惯了我是深圳人。

我不但是深圳人，还要去机场接一个人，接一个又一个的人。在这个人流如潮的地方，眼看着一个个异乡人变成本地人，下一代变成“深二代”。我和他们一起，成为这个城市运行的细胞，让它成为可爱的城市。

晚饭后，我和妻子在宝安公园一带散步，走到上合新村公交站点附近，可以看到一排店铺，我指着其中一个挂着驾校牌子的门面说，哦，这是我的母校。

俩人都笑了。

这个驾校原来在我们单位门口，后来租金增加，店主赌气搬到了这里。很多同事都是在这里报名考过的。我也报了名，还特意报了个VIP，交了最高的费用。店主说是半年内包过，信誓旦旦的样子让人简直必须相信。后来上车学习才发现，所谓VIP，待遇跟普通收费的没什么区别，教练是同一个教练，学习时间也是同一个时间。练习的那些技巧，其实几次就会了，问题是等候时间过长。排队一两个小时，练习二三十分钟。刚练到手熟，又搁置起来了，下一周从头再来。再加我三天打鱼两天晒网，驾校仿佛不记得半年包过这回事。

我的“师弟师妹”们陆续拿到驾照，我成了留级生，连考试都还没有参加。一年半之后，终于踏入考场，一进去就蒙了。十六条硕大的车道，横七竖八像巨大的蟒蛇，缠在我的身上，在我眼前晃来晃去。光找自己的车道就累出一身汗。心情紧张，自然没过。

下个月又考一回。出发前实操了几次，简直可以闭眼开。教练说，只要不出意外，肯定过。结果不知为什么，还是出了意外，几乎是一上车就下来了。

人说事不过三，我说事不过二。碰壁的事，两次足够了。要换思路。

走个捷径吧，回长春去考。当然，也是严格按程序考试的，但那个驾校是个社会考场，平时可以在考场上练习，熟悉周围环境。毕竟有以前的底子，一次就通过了。

2014年的最后一天，一个零下二十多度的冬日，天已黑透。昏暗的灯光下，走在路上的人都缩着脖子，揣着双手或插进兜里，踩得积雪咯吱咯吱响，仿佛几十年前俄罗斯电影里的画面。仿佛把我十八年的生活都在这一夜重温了一遍。

我得到了这个城市该年度最后一张驾驶证。我把驾照小心翼翼放进兜里，脱下脚上的薄棉鞋，用力一甩，丢进垃圾箱。那双鞋从长春跟着我到深圳，基本没穿几次，我以为南方冬天会冷，其实一点都不冷，鞋子生生放坏了，裂开一个大口子。考试时为了轻便，我才穿上它。它不能为我保暖的。现在扔掉它，就彻底扔掉了我和这个城市的关系。

此时的深圳应该是微风习习，紫荆花树散发着浓郁的香气。熙熙攘攘的街头LED屏次第亮起，店铺门口的鲜花轻轻摇曳，擦着路人的衣角。

科目一和科目四我考了满分。考生们闲聊时似乎都很讨厌理论内容，认为就是走过场，我也这样认为。不过我还是跟着大家下载了一个题库，每天晚上都做几遍。

盯住墙上的一个钉子，仔细看，看两个小时，脑子里会渐渐生发一些想法。一件很无聊的事，你投入地去做，就会在无聊里找到哲学，甚至慢慢地喜欢上它，认可它，使它成为你的价值观。

做那些无聊的练习题也是这样。

而有些题目还是有用的。有这样一道题：在高速公路上开车，遇到紧急情况，眼看就要撞到前面的车了，怎么办？两个选项：一个是猛踩刹车的同时撞上去；一个是向旁边猛打方向盘。我自然是选了第二个，躲开嘛。正确答案其实是第一个。做了几遍，这道题都做错，但也因此记住了正确答案。后来自己驾车上路才发现，高速公路上确实不能轻易打方向盘啊，二次事故比直接撞上去的损失还大，还不可估量。

上路后的心路历程，跟很多司机一样，没什么特别。我曾在微信上简单总结过：

初行车，战战兢兢，亦步亦趋，堵街路，被后车鸣笛催促，心跳如鼓，上路有怯意；稍熟，驾车生猛，见插队者必踩油门，绝不让，如是者三，常剐蹭。有不忿气；再一年，心稍定，电单车迎面逆行而来，急刹。低语，以为天下都是你的，井底蛙尔，难怪一辈子受穷。面带不满，心怀不屑意；又，游刃有余，见快车、电单车、三轮车、横穿马路者，必让。心说，谁跟屌丝一般见识。略有骄矜气。后，开车若走路，见其人犹如不见，不见亦如见。你走你路，我走我路。天下大美。

以后，开车跟用手机一样，都是基本的技能，很难再谈出意义。有人给你讲使用手机的感受，是不是会觉得特无语？

有了车，就可以接送女儿了。

女儿刚考上初中的时候，我和妻子要去送她，她说什么都不同意，非要自己乘公交车。我们再坚持，她就生气了。也许是叛逆心理吧，无来由地要抵触什么。

此后基本都是孩子一个人每天乘坐公交车上学放学。初二时，家里有了车，提出接送她，女儿欣然接受了。

就像我见过的那些场景：女儿懒洋洋地靠在后座上，刷着手机听歌，跟着唱，很享受的样子。有时赶作业，就拿出本子来奋笔疾书。车厢里就是她的私人空间。我尽量把车开得平稳，让这庸常的生活更平稳些。



少年时在农村上学，进一趟五线小城衡水市，看到两个年轻人坐在商场旁边的花坛上，卿卿我我谈恋爱，都心悸得不得了。他们的平常生活，我的奋斗目标啊。我所有的努力，不过为了赶上平均数，像其他人一样庸常。

从女儿第一次上车，坐在后排，我就要求她系上安全带。那时深圳的交通管理还不是特别严，没要求后排乘客一定要系安全带。但我要求。出远门乘坐大巴也是这样，上车第一件事是系安全带。公交车上是没配安全带，否则，我也会要求女儿系上。有一天，她下车时忽然说，哈哈，我今天没系安全带。说完开心地跑进校门。晚上回到家，我严厉地批评了她。这是规则，基本常识，开不得玩笑的。

我对她的另一个要求是，饭后要漱口，保护好自己的牙齿。

我觉得吧，做父母的，不用给孩子讲什么大道理，把一些常识能正确地、及时地展示给他们就足够了。

在街上看到一个老太太牵着小男孩慌慌张张闯红灯。滚滚车流中，小男孩东张西望手足无措的样子让人心疼。他在幼儿园和学校里学的那些基本知识，都被老太太像抹布一样抹掉了。

我不能让自己的孩子这样。

孩子终究会长大，离我们而去。那时我就可以和妻子开着车自驾游，四处游荡。一扇门关上，一扇门开启，我们在一扇扇门中间穿梭。

机场接人的那个场景，多年之后消失了。它已点点滴滴渗透在我的生活里，成为身体的一部分。我对以后的生活，基本没有什么想象了。有人喊了一辈子口号：我要停下来，停下来。但一直在“努力”中，停不下来。而我现在就想停下来，我不追求更好，只想这庸常伴我终生。某年的四月份，我还写下这样一首诗。

四月不声不响地过去了
一年的三分之一丢失了
以前过去的每个月
也都变得不声不响

想跟它谈些什么
张张嘴又觉多余

雾气蒙蒙的白天
会友，写诗，上班，吵架
按部就班地走路

三月的木棉已凋落
五月的凤凰花未开
四月的花我叫不出名字

这个月还是什么都没发生
多么好啊
年龄增长经不住风波的我
很想对谁说一声
谢谢

——《四月》

等我老的那一天，步履蹒跚的我，若还能开得动车，我会想象去接人吗？

这个世界上，总有一个人需要我去接。

只是现在，我想躺在靠椅上停一会儿，睡一个长觉。

# 暖阳

秋天
说出这两个字
你自己都感到心虚

花还在开
呼朋唤友　吹吹打打
层峦叠嶂　红色爬在绿色的肩上
来自北方的你
提醒它们　应该凋零
所有花朵愣了一分钟
哄堂大笑

树也笑了
挠挠绿色的头发
偷窥对面的伴侣
相看两不厌
一辈子没牵过手
那就让明年的台风来得更猛烈些吧
一生只躺下一次
枯萎一次

终于和她离得更近

雨还是雨
它只负责湿
不负责冷
浇一阵儿　停一阵儿
想一会儿　睡一会儿
想什么呢
想他的目的
人生的目的是死
雨　想不出目的

道路铺开
前方是冬天
有圣诞的白胡须
元旦的假期
以及春节的羽绒服
而来自北方的你
还没走出夏天的站台
擦干脸上的汗

——《秋天落在深圳》

我这首诗写于几年前，自觉不怎么好，但可以管窥岭南秋天之一斑。在微信上贴出来，用来拉仇恨肯定能得手。

秋冬季节的深圳人动辄晒天气。尤其那些来自北方，在北方还有大量亲人和朋友的人，他们的骄傲带着南移时摩擦出的血丝。他们是这样卖萌的：“深圳人民盼冷空气，就像北方的人们在盼暖气。十月底了，夏天依然不肯走。眼看着黑龙江啊、吉林啊都下雪了，深圳的童鞋（同学）们却还穿着短袖呢！今天深圳23℃—29℃，未来几天，气温不降反升。最高温度依然坚挺在30℃！秋天啊秋天，我们等着好捉急（着急）……”

在炫富和围观中，可见朋友圈里的关系。跟帖里表示羡慕嫉妒恨的，大多是很好很亲密的亲友。不声不响，装作没看见的，也许心里真的羡慕嫉妒恨。

多年前，我还在东北生活，接到一个笔会通知，举办地在深圳，时间为十一月份。彼时彼刻，窗外已冰封大地，松树上压满了新鲜的积雪。一位同行的文友说，我问过主办方了，人家说这时候是深圳最好的季节，不冷不热，穿一件衬衣即可。

于是俩人就此热火朝天地议论起来。我们当然知道南方比北方暖和，但无身临其境的体验，远方只是远方。

深圳人有资格炫耀。凡是你能想到的美好的事物，都在这个季节跳了出来。

簕杜鹃还在盛开，异木棉还在盛开，鸡蛋花也在盛开，目力所及，五颜六色绚烂艳丽；各种各样的草本植物和木本植物都气势昂扬地成长着，一派生机盎然景象。

高阔的蓝天、流动的白云。“秋高气爽”四个字，需要掰开揉碎了去理解。

太阳始终暖暖的表情。不再似当初的火辣少女，摇身一变，成熟少妇一枚。两件衬衣换着穿，两个月无须添加衣服。早晨海风习习，有点小凉爽。中午出门，能感觉到阳光在胳膊和脖子上跳跃，有节奏，有韵律。此时我应该给它一个回应，但又不知怎么回应。

我现在把深圳当成自己的家乡了，不知是否有一天也会调头回去（欧春健 摄）

我在诗中写到了雨，不过深圳的秋天是少雨的。十多天甚至一个月才下那么一次，把车上的灰尘、叶子上的心事冲刷一下就行了。

寒露、霜降、立冬、小雪，这些渐进的、看上去越来越冷的节气，已完全失效。气象台主播淡定地说，霜降对深圳没什么影响，我们继续过自己的日子好了。

当然还是有一点痕迹的。它若隐若现，欲说还休。如同抿了一口啤酒的羞涩少女，悄悄红了一下脸，仔细打量便可分辨出来。白天不像酷暑那么难熬了，晚上终于不开空调了，吃剩的饭菜不会马上长毛了，大闸蟹也已经开嚼了。走在路上，一片黄叶也许会悄没声儿地落在你的肩上，仅仅这一片就够了。在北方，整个树林在解释秋天；在深圳，是一片叶子。

漫长的夏天，自来水是温的。十个指头放在水龙头下面，可以从容地一根一根地搓。秋天来了，自来水也算不上凉，只是让“温”往深处走了一点，离凉还有一点距离。这跟在北方时大不一样——自来水夏天就很凉，秋季开始扎手，浸透骨髓。所以洗手总是匆匆忙忙。

天气好，人们更愿意进行户外活动。深圳本来就人多，这个季节，街上的人更多。仿佛谁往这个城市扔了一颗炸弹，把所有沉淀在水底的动植物全给炸出来，露出了原形。遛娃的，遛狗的，遛女朋友的，遛自己的。广场上打羽毛球的，绿道上骑单车的。每到周日，爬山的人乌泱乌泱的。那么多的山，那么陡的山道上，脚尖儿碰着脚后跟。

此时甘蔗开始上市，断断续续大概可以卖到春节前后。一个个不知道从哪儿冒出来的摊主，拉着满满一车甘蔗，还没停稳，顾客就涌上来了。粗黑的、带着白霜的甘蔗两米多长，拿起来颤颤悠悠，有一种手持长枪的感觉。面色黧黑的男人身后跟着一个头发蓬乱的女人。女人负责收钱，男人手拿一把锋利的刀子，“刷刷”地削皮，一分钟时间，甘蔗脱去了衣服，露出白白的结实的肉，砍成六至八截，塞进塑料袋里，递到买主手中。

我经常买甘蔗。尤其天将黑时，或者天气不好的时候。不想吃也要买一根，我希望他们尽快卖完，早点回家。

比起豪气地大口咀嚼甘蔗，我更喜欢啜饮甘蔗汁。往往是一个中老年人，推一辆小车，车上摆着一个榨汁机。周围插着几根削了薄皮的甘蔗，露出的不是白色的肉，而是青色的、外皮下面的薄膜。那应该是用刀子刮出来而非削出来的，既去除了外皮以及上面附着的泥土，又尽可能多地保留一些内容。

推车上放着两种塑料瓶，一种大瓶，一种小瓶。我一般都是买一小瓶。摊主抽出一根甘蔗，塞进榨汁机，眼睁睁看着圆滚滚的甘蔗被压扁，成为渣滓，那边的出水孔就有青绿色的汁水淌出来。

甘蔗汁不能存放，多放两个小时就变味。要现喝。

我抿一口，让甘甜的汁水先润一下整个口腔和喉咙，然后再大口地喝下去。一小瓶，十几秒就报销了。那种甘甜很像青草的味道。我似乎痛饮了一个草原。

一看到甘蔗，我就知道秋天来了。

悲秋的那些人，悲的是北方的秋天。一阵秋雨一阵凉，备感凄惶。昨日还是花红柳绿，今日已现萧瑟模样。眼见他起高楼，眼见他宴宾客，眼见他楼倒了，谁不心生人世无常之慨叹？强烈的反差好像无底洞，深陷进去会产生巨大的无力感。

上次回东北，正赶上一场秋雨。冷透了，套上薄棉裤也没感觉到暖和。那种巨大的冷，不留缝隙地包裹住你。老友袁炳发说，一到这种天气，凄风苦雨的，心情就不好。有天大的喜事，都被吹凉了。

但这种天气是一年中的常态啊。为什么天气恶劣的地方，居民的脾气总是暴烈？或许跟气候有点关系吧？

越广袤的地方，冷越肆虐，越尖锐。持刀持剑，驰骋冲突。冷和广阔天生在一起。

深圳很少这种凄惶。具体到个人身上，是有的。他业务泡汤了，家人出车祸了，被人欺侮了，工资又降了。他彷徨无依，走投无路，心中黯然。但这是个体的遭遇，形成不了一种共同的氛围。

寒风中的丧家犬更像丧家犬。

深圳的外乡人，每个人心里都有一个自己的秋天。它承载着他们各自的童年、少年记忆，承载着不同的杂念。从南往北走，湖南湖北江西的秋天，是温吞的；河南河北山东山西的秋天，是凉爽的。这些地方，你可以感受到天气的渐变，叶子一天天由绿转浅黄再转深黄直至落地被尘土埋没。如同看画家画画，从他拿起笔到最后完成，整个过程按部就班，十分完整。再往北的东北，秋天就凌厉多了。昨天还是夏天，一夜秋风紧，第二天已经满目枯黄；再过几天，皑皑白雪铺满地。

他们的四季鲜明，有昨天和今天的对比。而深圳的四季不分，没有对比。这里有昨天和今天之分吗？

不清楚。

炫耀季节的人，或许是炫耀一种处境。比深圳天气好的地方有的是，三亚、珠海、北海……这些地方的人即使炫耀也没多少人在意。但深圳是一线城市，繁华富足，然而他偏不提这些，只说天气。

当然，闪烁在繁华另一面的，是相对宽松自由的生存环境、相对公正的竞争可能，以及蓬勃的朝气。晚上十一点的地铁站依然人来人往，拥挤不堪，你就发觉这才是希望。有人就有希望。一个老气横秋的城市，是让你看不到希望的。

有一段时间，应邀到一个风景优美的小县城住了一段时间。出城几公里，是树林密布的山峦，大片的湖水。物价低，五元打车走遍全城。节奏慢，每个人走路都不慌不忙的。但几天后我就受不了了。我找不到几个可以聊天并聊到一起去的人。人活着，活的是群体性。好在这个城市里还不都是熟人，否则出门就跟人打招呼，多可怕。我自己往哪里藏？

我要到人更多的地方去。哪怕我一辈子都不跟那些擦肩而过的人打交道。但我知道，每个人都是一部分的我。他们来来往往的奔波就是一个完整的我。

回到东北或者河北老家，都会有人问，在那边受得了吗？

为什么受不了？

那里热啊。

当然是热。但既然这么多人定居，无论冷还是热，肯定还是可以接受。

当年我在东北生活的时候，南方的朋友会问，你们那里在外边撒尿，会被冻住吧？我没法解释，心里想抽他大嘴巴子，嘴里却答道，是啊，差不多吧。

深圳所在的岭南，古代属烟瘴之地，充军发配的地方。刻板印象一是热，二是潮。

潮倒是真的。每年开春有一段时间，是一种奇怪的天气，有一个诗意的名字：回南天。此时气温回升，室外比屋内暖和。若感觉屋子里太冷，可以到外面取暖。屋外都是热气，但屋子里面是慢热型，还没缓过神儿来。屋外的热气遇到屋内的冷物体，墙壁、桌子、垃圾篓、地面、被子、床，一下子变成了水。洗手间的镜子上哗哗地淌水，照得人影都是模糊的。要提醒老人走路小心，避免滑倒。卧室和客厅的地板、地砖上要铺报纸。

在北方的经验，屋子里受潮，及时打开门窗放风。岭南正相反，要赶紧关闭门窗，越严越好。热气都进来的话，屋子里可以变成河了。

回南天短则三五天，长则半个多月。哪儿哪儿都是湿漉漉的，身上黏糊糊的，很不舒服。我到深圳经历的第一个春天的某个晚上，下夜班回到家，发现洗手间里面都是水，以为漏了。检查了一遍，没事。心里害怕起来，莫非出租屋里进了人，还抽空洗了个澡？后来缓过神来，哦，是回南天。

我在微信上晒出回南天的照片。有人问，你们那里需要天天晒被子吗？这可怎么过？

误解就是这样产生的。有些，还是刻意误读。

最美好的，他们看不到。你大声呼喊，他听不到。

而被误读的，岂止是一个深圳。人人都在被误读。

我来深圳的第一年秋天，连续一周吃不下饭，平时挺好的食欲忽然沉沦了，以为自己得了病。一个有经验的朋友告诉我，第一年都这样。北方的秋季，天气转冷，体内需储存热量，生物本能让人胃口大开。冷和胃口是互相依存的。到了岭南，气候不配合啦，仿佛一个人准备妥当，蹲在起跑线上，列好了架势，半个小时过去了，那边就是不开发令枪，你能不难受吗？

第二年我就适应了。在深圳这种地方定居，最好是开春就来，从温暖的春到酷热的夏，再到温暖的秋，凉爽的冬，自然过渡。若是夏天过来，就像把一块冰直接扔进开水中。一位好友从东北来看我们，住在宾馆里，把空调开到最低的16度，冻得我们直哆嗦。他说太热了。而我相信，只需一年时间，他就会适应这种热。

我从故乡河北出发，向北，十八年，适应了东北的冷；又往南，适应了深圳的热。

从熟悉的地方走向陌生。从一个陌生走向另一个陌生。从一个冷的地方，到一个更冷的地方，从一个更冷的地方又到了最暖的地方。从一个误读到另一个误读。

二十世纪八十年代初，我生活在河北农村。那时村子里经常来一些唱戏的人，有官办的，有民间的。他们成群结伙，搭棚子，垒戏台，一天时间就建成一个小世界。小不点的我，远远地看他们忙忙碌碌，解开一个又一个行囊，掏出一个又一个令我惊叹的物品。他们用开水泡馒头吃，滴几滴油，撒几粒盐花。他们的生活时尚而高雅，还有人说着好听的普通话。我们那里一度把所有不一样的口音都视为普通话，称之为“侉”。他们在台上卖力地表演。演《窦娥冤》的时候，演员在台上哭得鼻涕一把泪一把，底下的观众跟着哭成一片。

演出完毕，他们叽叽喳喳地讨论着。

我很想跟着他们走。走到天涯海角，抵达每一个意外的地方。不愁吃不愁穿，还有这么一大群好玩的人。

想起来了，那个词叫“流浪”。

跟流浪对应的，似乎是“孤守”。我深深地陷入故乡，一辈子只能像一只青蛙一样，被故乡挤压在小小的井口里，没人解救我出去。我一次次努力地跳跃，在湿滑的井壁上一次次碰撞。记忆永久停留在凄寒的秋日黄昏。我的鞋子永远是破的，露着脚趾头，冷得发麻。如果有一双干净的、崭新的、厚实的鞋子，我就可以离家出走。虽然那时我不知道遥远的南方有一个省略了秋天和冬天的城市。

高考结束，填报志愿时，我在“是否服从分配”一栏中，写上了“除本省学校外，服从分配”。

“你难道不爱自己的家乡吗？”一句话就能把我问倒。

在一种“故乡永远正确”的集体无意识里，在一个动辄“是故乡的山水养育了你”“狗不嫌家贫，子不嫌母丑”的语境下，他们在卖力赞

在这个名为深秋和冬天的季节，在深圳精致的暖阳中，我缓缓地开放（欧春健 摄）

美故乡，为故乡护短。

在微信公众号上看到一个帖子，展示了二十世纪八十年代的童年玩具，以及收割麦子、打场、赶集、过年等场景。作者感叹“当年多美好啊”。我心想，你这是睁眼说瞎话吗？为什么我感受到的过去是寒冷、劳累、贫瘠、饥饿、拘谨、狭隘和深深的无望。我一点都不想回到从前，一点都不想念那个故乡。

家乡是个什么东西？我爱我的父母，爱我的家人和朋友，但家乡包不包括那些一言不合就拔刀相向的陌生人？那些无助时的讥笑，那些冷漠的拒绝，那些兄弟和婆媳之间的打斗，那些见了有钱人时的阿谀和下贱？

我要离开，再也不回来。在我身体里，故乡是个有毒的物体。那时候唯一的希望是走出去，让外面的风吹进来，让村子外面的空气透进来。

中秋节放假回乡，我从院子里即将枯萎的植物上取下了一些种子。那些太阳花（又名“死不了”）、牵牛花，轰轰烈烈地灿烂着曾经在秋雨中飘摇的家庭。

此时，寒冷正悄悄地围拢来，我觉得自己是带着它们突围的。我把这些还有梦想的种子装进一个塑料袋里，乘坐火车逃离故乡。

现在它们已经在我的阳台上开放。在这个名为深秋和冬天的季节，它们懒散地开始了另外一种生活。在深圳精致的暖阳中。

# 木棉树下的靠山调

“人常说儿是娘身掉下的肉，这话一点儿都不唻玄”（《胡知县断案》唱段），“满园的花溜溜草啊，开得扑鼻香哎”（《大西厢》唱段）……

我在路上经常一边走一边哼唱。下意识哼唱出的，都是二人转曲调。妻子对此深恶痛绝，数次“家暴”我。

这是深圳的街头，木棉花正一簇一簇地开放。它们站在高高的枝头，兀自红艳。抬头仰望，只见一个又一个小红点儿，落在地上再看，是一朵一朵很大的花。眼睛盯久了，会感觉到它有灵气。它也在盯你，让你手足无措。

每年三月到四月，木棉花开得最灿烂。它们在天上放飞自己的青春年华，落在地上还可以泡茶。一朵花就能泡一壶。用凉水洗干净，放进透明的玻璃壶里，倒入晾了一会儿的白开水。那朵花在玻璃壶里仍持开放的姿势，毫无戒备。喝一口，甜丝丝的，据说有清热、去湿、解毒之功效。

木棉花抢占了季节的制高点，成为这个城市最艳丽的那一个。她就是深圳，深圳迁就着它。所有的高楼大厦，工厂、写字楼，都隐现在这一朵花里。从木棉树下走过的我，身不由已哼唱的二人转曲调，勾连着遥远的东北。此时三千公里之外的那个地方积雪尚未融化，青松树顶一坨白，或许还会在某个早晨补一场清雪。

曲调里的冷，与我身外的温暖似乎有点不搭。

我一到深圳，身上就贴着二人转的标签。“他来自东北，会唱二人转”，他们这样介绍我。天经地义。就像来自湖南的人一定会唱花鼓戏。其实我是个土生土长的河北人，从小在河北长大。如果说河北是我生长的地方，东北则是我成长的地方。从二十世纪九十年代初开始，在东北读大学，参加工作，居住十八年。我在这里娶妻生女，成家立业，买了房子，有了自己的生活圈子，有了爱恨情仇、酸甜苦辣。我的骨血里面流着东北土壤里的化合物、碳酸钙。我的口音、饮食习惯、思维方式和表述方式，都慢慢被这块土地同化。我成为它的一部分，并把最年轻的时光砸进这块土地。

有一段时间，我每天早晨睁开眼，就要打开电脑播放二人转唱段。晚上也是在二人转的旋律中躺下。十几年来，我再哼唱不出其他曲调，二人转已经内化为我的人格特征之一。

在深圳的各种活动中，我时不时就唱一段二人转。我津津乐道于讲解各种有关二人转的知识。你们看到的二人转，只是二人转演艺，是被误读的二人转。二人转是一种曲艺形式，一个人唱称为“单出头”，三个人以上称为“拉场戏”。两个人的才叫“二人转”。二人转唱段非常好听，号称“九腔十八调，七十二嗨嗨”，大悲调红柳子，三句就把你的眼泪唱出来。闫学晶的《冯奎卖妻》就很经典，不信你可以到网上搜一下，听一听。二人转一个人一个唱法，同样一出戏，这个人唱的跟那个人唱的差异很大。每个演员都有自己的发挥，所谓“不像不是戏，太像不是艺”。他们虽然也希望上电视，但更在乎民间演出效果，他们相信，二人转是“生于民间，死于庙堂”。二人转不怕听，“快听字，慢品味”，唱慢了韵味十足；唱快了，无论多快，每一个字都能让你听清……我还告诉他们，我写过一本书，名为《万人围着二人转》，赵本山题写的书名，二人转泰斗那炳晨先生作序。

这样讲的时候，心中是犹疑的。这是我的爱好和趣味。我把自己的

不要太久地盯着落在地上的木棉花。
盯久了，会感觉到它有灵气

心晾出来，要和他们融合在一起，他们也借此和我融合在一起。来自四面八方的我们，互相触碰，互相依偎。

但我很清楚，别人都是听听拉倒。出于礼貌，听我讲完，他们心里融不进去。倒不是刻意抵触什么，而是大家各有自己的生活。千差万别的成长，鸿沟一样的经历差异。那些成长，我们互相看不见，也互相体会不到。鸿沟不是一两句话可以抹平的。

有一年夏天到一个社区参加文化活动，一位来自长春郊区的老人听我唱完二人转，兴奋地要了我的电话，说以后找我吃饭。他自我介绍说，他到深圳时间不长，在这里帮子女带孩子，听到二人转真是亲切。我唱的味道很足，勾起了他的演唱欲，他也即兴唱了几句。我感觉他比我专业一些，真正的二人转还得由真正的东北人唱。我这个二手的东北人，难免带一些河北口音。那时我一个人在深圳，家人还没迁来。老人初来乍到估计也有孤独感。后来某一天，他给我打电话约饭，并说他儿子也想和我一起聊聊。我当时正忙手头的一件事，婉拒了，说以后再约，但转头就忘得干干净净。

那年冬天的某个晚上，我一个人在大街上走，两边的楼群里灯光闪烁，忽然想起这件事，翻出老人的电话，犹豫了几分钟，还是没有打。

后来换了手机，那个电话找不到了。

我们彼此像浮云一样，擦肩而过，再也没有回头路。我的二人转触到了他内心里最柔软的一面，成为连接彼此心脏的毛细血管。但我们坐在一起，说什么呢？谈谈二人转，聊聊那个可以称为故乡的地方（第二故乡也算故乡）的风土人情，发一发感慨。然后呢？

我们的关注点依然千差万别，有着各自坚定的走向。

连接一个人和另外一个人的，是共同的未来，并非共同的过去。过去只能作为润滑剂、催化剂存在，而非主药。

那些围坐在一起听我聊二人转的人，虽不一定入心，但经常和我耳鬓厮磨。我们一起写诗，交流写作心得，参加座谈会，一起办讲座。我们共同的东西似乎更多，我们的道路是同一方向。二人转只是可有可无的插科打诨的物质。

我会十多个二人转唱段，在各种场合翻来覆去地唱，差不多够我用一辈子了。其中最拿手的还是《回杯记》中的那段“靠山调”，用汉语唱完再用英语唱一遍，必获满堂彩。这成了我的标签，我就是深圳的二人转专家。

在深圳总是唱二人转，似有一点粗暴与不合时宜。但应该唱什么谈什么呢？本土文化符号中应该有粤剧和客家山歌的一席之地。事实上真正了解的人也不多。这些属于原住民的文化。原住民人数比例并不大。粤剧和二人转一样是小众的，其他的如花鼓戏、川剧、广西山歌等，都是小众。二人转在东北也不是人人都喜欢，但起码是一个大家公认的符号。深圳的标准文化符号是什么，没人能说得清。你什么都可以谈，也都会有人听。在公园散步的时候，很多老人都拿着一个小录音机，里边大声播放着秦腔豫剧越剧吕剧粤剧等，也有二十世纪八十年代的流行歌曲。听什么都没有人感到意外，不会另眼看你，但也很少会一根筋地跟随你。大家各自沉浸于自己的世界里。我对二人转的沉浸，与那些人一样，莫不如说是醉于自己过去的生活。

我买了一张SD卡，下载了三百多个二人转唱段，装入车载音响，上车一打开便是熟悉的曲调。小豆豆、赵小军、魏三、何晓影、张涛、李鹏飞、红孩、小沈阳、沈春阳、董明珠、关小平，听开头一两句我就能准确判断出这个人是谁。谁能理解我此刻的酸爽？就像一个饕餮，每天面对的都是自己喜欢的大餐。车行高速路上，阳光透过车窗晒进来，脸上暖融融的。我把音量调至适中位置，匀速前进，此时此刻的我，该是多么享受。

而事情正在悄悄发生变化。

我沉溺于二人转越深，越无法迅速自拔并切入下一个频道。

二人转与木棉花相较，一个粗粝，一个细腻。它们并非互斥，却也无法互补，而是相互远离，分别沿着自己的路径逃去。

二人转浓烈，情感充沛。我个人赖以为生的文字，原先有一种不自觉的二人转味道，很少人能看出来，但我自己能感觉得到。在深圳生活多年，心态越来越平静，不再葆有（或者说不再希望有）浓烈了，那种浓烈却时常刺激我，乃至伤害我。它不声不响就消解了我好不容易积累出的平静与诗意。

一方水土一方人。语境变了，一切都变了。它们在我身体里拽出不同的方向，各自拉扯着我的身体，令其无所适从。

这是怎么了？我一度困惑过。



后来，我买了几张德国黑胶，装入车载音响。

车子发动后，莎拉·布莱曼清越的天籁之音围绕在我周围。它舒缓，婉转，丝丝缕缕。若过于高亢，可以打开车窗放出去一些，并不影响什么。二人转是固体。莎拉·布莱曼是气体，轻重由我。

或者搭配费玉清的歌曲，悠扬而清亮。或者是久石让的音乐，时而缥缈、悲哀，时而迷离、神秘，复杂多变，丝丝入扣。

它们和一掠而过的木棉树多么合拍。它们沉静、安然，随性，不具攻击性，鲜明却又若有若无。

我仿佛看到一种化学反应，在我周围的一切事物上逐个点燃，熔化为另一种事物。其中一部分在我的身体里沉淀下来，成为我身体的一部分。

日本作家东野圭吾的小说《秘密》中讲，男主人公有一妻一女，外出时遭遇车祸，妻子去世了，女儿活了下来。但妻子的灵魂附在女儿身上，男主人公每天面对的是以女儿身体出现的妻子。妻子的灵魂在女儿的身体里驻留的时间长了，开始按照女儿的生理运行。她想自己应该替女儿活一次，于是按部就班地去上初中、高中，参加考试，参加学校的一切课外活动，甚至和同学早恋。女儿身体里的那个母亲慢慢地挤压自己，让女儿的灵魂回归。最后，母亲走了，女儿又回来了。

同一个身体里面，两种物质注定要冲撞。对于一个漂泊者、迁徙者，举棋不定者，尤其如此。

我走在木棉树下，见证了在南国湿热的气候里渐渐形成一个新的我。

我通过分离自己，改变自己，去和他人融合，在一个新的地方找到自己。就像我在北方可以一周洗一次澡，到了深圳，不仅要天天洗澡，夏天比较热的时候，一天可能要冲凉几次。

所有的漂泊者似乎都要面对这样一次纠结，面对自我调整。

深圳一年的时间，有半年是夏天，半年是春天。每年十一月，天气舒服得让人想笑又想哭。一件衬衣、一件外套，可以穿几个月时间。它给你足够的时间去挥霍和放荡，去体悟。

深圳不够强大，也许它是控制着自己，不让城市过于压迫，它要给“人”留出更多的空间，让这里的人有足够的时间发现自己与城市的交融点，然后逐渐磨合，成为深圳的一部分。

我不清楚深圳的气质是什么。很多来客也不知道深圳的气质是什么。其实深圳改变我的时候，我也在改变深圳。每一个居于此的人都在改变深圳。

渺小的我，庞大的深圳，在相互探索。它的躯体里注定会容留二人转的一部分。从我身体里排出的一部分，成为它的一分子。我也要吸收深圳已然形成的一部分，那是别人注入它的身体里的。在这个相互容留和触碰的过程中，每个人既排异又吸收，最后完成自己。

我怎么可以拒绝，我为什么要拒绝？那么顺理成章的事，那么可爱的事。

在这个春天，我遭遇的那朵木棉花已经在我的身体里开放。我是一个透明的玻璃杯，盛装着足够的温水。

我不知未来会怎样。此刻的我，恬淡的花香，甜丝丝的茶水，可以解你一时之渴。

# 等你回来

城市忽然慢下来了。

最先慢下来的是空气。呼吸的时候，可以感到气息舒缓地、一点一点地钻入鼻孔，渗到肺里，蔓延至全身。空气里携着紫荆花的暗香，是那种可以抚慰每个细胞，滋养每条血管的暗香。

呼吸也可以这样享受。以前怎么没有注意过？

风也慢下来。它由远及近，在树叶上轻轻地推一下。推一下，树叶就动一下。再推一下再动一下。空空的城市，只有路边的风和树叶有一搭没一搭地磨牙。风不怎么积极，树叶更不主动。让我想起小时候看到的毛驴拉磨的样子。它慢悠悠地踱着，偶尔甩一甩尾巴。即使主人在前边挂一束草，它也不肯快走几步。所以传说中用草料怂恿毛驴快走的办法，也许是人类根据自己的经验想象的。

风不能把树叶吹得更绿。在这个温暖的冬天，树叶已经绿到极致，再绿又能怎么样呢？过得去就行了。没有了人的逼视，植物们又洒脱，又随心所欲。

道路通透。原先看不见的东西，现在都凸显出来。走着走着，路边忽然冒出一座构造奇特的楼房。看它老旧的样子，应该不是一天两天了，甚至不是三年五年了。天天从这条路上经过，居然从没碰到过。

还有一个一个的标牌。路标、公司指示牌、各种口号，纷纷从路边跳出来，挨个儿跟你打招呼。几天前，它们还是拥挤的，互相倾轧的。你推我搡，谁也不让谁。路人只好全部看不见。东西越多的时候，人越没法选择，只好视而不见。

短短的路变长了。设了两个站点的街道，可以走上半个多小时。

白云也慢下来。行人在下面走，它在上面走。一边走一边往下看，好像是看呆了。定在那里不动了。素常日子里，路人是不仰望天空的。这时偶抬头，和白云对视。白云激灵一下，不好意思了，轻轻洒下几滴雨遮羞。

其实过年这几天，深圳很少下雨，始终朗晴白日的。天上也知道地下的情况。别人开心时，不要做扫兴的事。

色彩更加鲜艳。绿的更绿，黄的更黄，红的更红，粉的更粉。灰突突的物体，都被水洗过了一样。

世界仿佛一个摘了帽子、光了膀子的人，身上的肌肉和疤瘌都一块一块地露出来。疤瘌也可以不难看。以前被遮挡着，羞于示人。现在它鼓足勇气露出来了。真相是一种老实的态度，所以怎么着都好看。



最明显的还是汽车都慢下来，四十迈三十迈甚至二十迈。车少了，不堵了，汽车却不愿意走了。前面一个人牵着一条狗正横穿马路。司机不鸣笛，而是停下来，等待那个摇摆着手臂的中年人和摇摆着尾巴的二哈优先通过。他再看见一个小孩子，还是停下来。他仿佛找各种理由停下来。不是一辆车，而是所有的车。那些焦躁的各色车子，忽然醒悟过来一样。一年时间里，它们被急匆匆的车子带着向前跑。你跑得快，我跑得比你更快，大家飞奔起来，车轮似风。如果有翅膀，它们会毫不犹豫地插上翅膀。

拎着东西走路的人也都不慌不忙，脚下一步比一步扎实。他们拎着的塑料袋里装满了新鲜的蔬菜，上面还搭着红色的春联或者是一个“福”字。

这种慢让天更高了，地更阔了。竞争让他们快起来。他们每天都要比别人走得快，走到别人前头去，拿到更多的东西，买一个大房子，开一辆更好的车，穿一件更贵重的衣服，比别人更荣耀，获得比别人更多的掌声。现在身边没有这么多人了，那些竞争者突然消失。硕果仅存的几个，相互之间不再是竞争关系，而是陪伴。

大年三十的上午，我在树下看到一个清扫落叶的老年妇女，用手机给她拍了两张照片，对她说“感谢你的劳动”。她笑了，脸上的皱纹挤在一起，配合着我摆了一个姿势。对我说，过年好。

所有的人脸上都带着笑，陌生的人也会彼此打招呼。迎面走来的那个人，突然对你做出一个友善的表情，也不觉得突兀。大家都知道，过年了嘛。

两个骑电单车的人不小心擦了一下，互相摆一摆手过去了。若在平时可能会争论一下。

超市里开始播放刘德华那首万年不变的“恭喜你发财”，还有“常回家看看”“新年新春到，问声过年好”之类。市场上也没人为了那点小钱算计了。“大过年的，没关系”，这一句话可以遮蔽一切不开心。所有的理由都不再是理由。

那些笑在他们身体里生发出来，漾到脸上。平时大家若揣着这种心态，把每一天都当成过年，生活是不是就会有太多不一样?

平时他们的笑藏到哪儿去了呢?

平时应该也有一些，但不像现在这样密集。

离开的那些人各有征兆。过了腊八，很多店铺陆陆续续地开始关门。

店铺门口贴着各种各样的启事。有的一本正经：“温馨提示：值此新春佳节来临之际，向一直关心我们的社会各界朋友致以诚挚的问候和美好的祝愿。我司将于2月12日至2月21日放假十天，22日起恢复营业，欢迎广大新老客户莅临。”下面还有一个联系电话。有的简单粗暴：“恭贺新禧，年初六启市。”更多的是掩饰不住的兴高采烈：“货已清完，回家过年。”也有俏皮的，“本店今日开始休息，将于狗年初几开门？你猜”。

店铺关门了，工厂停工了，工地上只剩下一两个看守挖掘机的人。回家过年，多么理直气壮的理由，谁也挡不住。连应该扮演阻挡者角色的人其实也怀着这样的心理。似乎忙活这一年就是为了短暂的离开。这是生活的顶峰和极端。缺失了终极目的，他们平时的忙碌简直就是瞎忙。

与空空的城市相对应的，是拥挤在出城高速上的汽车，是火车站里长长的候车队伍。他们是过客，是谋生的旅行者。即便已经定居于此，孩子在这里上学，自己织出了自己的关系网，终究还是要“回家”的。那是他们一辈子的远方。

寂静而宽阔的马路边，一个短头发的女孩儿，穿着单薄的衣服，一边打电话，一边抹眼泪。她的身子一抖一抖。

我远远地看着她，为她担了一会儿心。

剩下的人们在安享这种安静，可以到深南大道上飙车，到深圳湾去散步。宽阔的道路，想怎么走怎么走。

而看到空空的楼群站在道路的两侧，也会不由自主地想，都说深圳房价高，如果离开的人不回来了，房子还有人买吗？那么多的工厂，产值惊人，靠的是谁？每天那么繁忙的画面，还由谁来画就？

深圳像一个充满了危机感的富翁。他腰缠万贯，高楼别墅，但他不愿意一个人离他而去。他的快递员、外卖小哥，他的清洁工，他的厨师，他的汽车修配工，他的保安，缺一不可。他俯下身来，靠近他们，把裤兜里的物品分一些给他们。

其实富翁的钱还不是这些人给他挣来的？

互相感念，更容易落实到一个个具体的人身上。这个人和那个人轻轻松松就成了朋友。哪怕还不是很熟悉。先成为朋友，再慢慢熟悉。他们的客气是发自真心的。蒙古草原上的人热情好客，是因为平时见到的人太少了。好不容易来了一个人，必请你大碗喝酒，大口吃肉，不醉不归。在深圳，年终短暂的告别，无论留守还是离开，都回归了各自的孤独。

城市空空荡荡，留下的人相互珍惜，并等待着离开者归来。谁是这个城市呢？当然是这个城市里的人。新来的人慢慢被这个城市的气质同化。逐渐老去的人开始把这里当成自己的家。他们每个人都是这个城市的一部分。他们一个个勾连在一起，就是这一座城市。

此时你会时不时撞见官方发布的类似广告：

“过几年，再过几年，我就回去了。”这句话有可能是每一个人刚来深圳时，谈及未来最爱说的一句话。但慢慢地你发现，你回不去了。因为你爱上了这座城市。

她那么神奇，她不问你的出身、学历，不会鄙视你家庭条件，她只看你是否努力、奋斗。

面对着一直念念不忘的故乡，以及一直恨恨地想逃离的深圳，我们还是留下来了。

坚守在深圳、奋斗在深圳的人们。

全世界只有一个深圳，年后，我们深圳见！

一个年轻人在留言中说，看到这句话，哭得稀里哗啦。

知乎网友麦客的一段话：“除夕那天晚上，微博上北京人在感叹外地人走了路上多么通畅，上海人在秀外地人走了路上多么干净。深圳市

春节前后的深圳人分为两类：离开的和留下的（欧春健 摄）

政府的微博上发了一段路况视频配上文字：过去一年这里留下了你的泪水和汗水，城市空了，心不能空，深圳等你回来。顿时心中一万只羊驼奔腾而过，感慨当初选择来深圳是多么正确的选择。”

而那些离开者，那个已经沉溺于乡情的人，在广袤的田野上，在大山深处，在故乡饭桌上举起筷子的人，忽然打了个喷嚏，是谁在念叨自己？

也许是深圳。

深圳是谁？我在深圳又买不起房子，工资那么低，工作那么辛苦。深圳跟我有什么关系，到哪里还不是漂泊？这样发狠地想着，忽然心里就沉甸甸的。

那个城市的和暖，小巷里的炒米粉，干净的公园，五月盛开的通红的凤凰花，随时可以打开骑走的共享单车，买一个盒饭也被店主当成老板一样。

“来了就是深圳人”，最初看到这几个字，惶惶的心跳平静下来，但还是有所犹疑。在这个城市待的时间越长，就越感受到这句话的力量。一个字一个字像拳头一样，可以捶得人喘不过气来。

就算是泼出去的水，也都能重新聚拢。他们湿润一下外面的土地，然后匆匆归来，让这个城市刚刚缓下来的脚步，回归到自己应有的速度。

以公交车为**原点**，这里的每一件事，**每一棵树**，每一粒阴霾里的灰尘，每一个高冷的白领和流水线上穿着**统一制服**的每一个工人，都散发着各自的气息。他们被创新、“**来了就是深圳人**”、漂泊、上市公司、超高房价等宏大叙事笼罩着，努力地坚持着自己，哪怕这个自己异于那个**固定的模式**。他们的发散外扩，却成为凝聚这个城市的最核心的气质。

## 第七章

# 故事一刻不停地流淌在街道上

# 随着西乡河一路流淌

河水会思考吗？

清澈了，污浊了；流动了，静止了；浅显了，暴涨了。这些元素都具有隐秘的灵性特质。

如果可以思考，不知道西乡河是否玄想过这个哲学命题：

我是谁？我从哪里来？我到哪里去？

平日见到次数最多的西乡河段，起于前进路，终于尖岗山大道。它具备河流的一个又一个特征。它有绵延的岸。它有水，水中有游动的小鱼。有草丛，草丛里有蛇。有随风泛起的涟漪。甚至，它还有波浪。

这么多年，见过大大小小的河流，没有一条是笔直的。某一段可以直。到了必要的地方，它一定会拐个弯。就像一个人，爬着爬着，站起来了，腰杆儿挺直了。再走下去，腰就弯了。再走下去，躺倒了。近看西乡河，是直的；走着走着，它就弯了；再走，又直了，仿佛返老还童。曲曲弯弯，它自己说了算。

河水时多时少。雨水多的时候，它就满了。雨水少的时候，它就亏了。

它是喜欢盈还是喜欢亏？盈和亏，对它意味着什么？

月亮也有盈亏。那么高，那么远，那么孤独。幻化成闪烁的灯光，与或盈或亏的西乡河互相照耀着。

如果藏身山里，它可能是一条溪水。从山顶上一路跌跌撞撞地掉下来，溪水撞到石头上，溅起一片片的晶莹水花。

如果放在我的故乡华北平原上，它是窄窄的一条线，被广袤的土地握住。它滋润不了平原，平原却能轻而易举淹没它。

如今是在深圳。西乡河两岸种满了房子。房子挤压着河流，逼迫河流往里面收缩。河流则绷紧了肌肉向外排挤。

它们彼此角逐着，谁也不敢让一下。一个走神儿，楼房就会掉到河里。

这样一条小河，有了两岸楼群的衬托，忽然显得很宽。

这是个悖论。满目的房子，到底让河流变宽了还是变窄了？

谁知道呢？宽和窄，都在那些人的眼睛里。

如果有人质疑，这到底是不是一条河？

西乡河是愤怒，是不屑，是鄙夷，还是认真地讲道理？

每一种反应，只要表现出来，它就输了。

所以，它永远不说话，只管流淌。流淌是宿命。至于使用什么方式，是暴烈，还是温柔；是轻快，还是沉重，要看机缘，也要看它自己的兴趣。

西乡河，在我眼睛里。从遥远的古代走来，从高高的天上走来，从宽大的荒原中走来，飘落到我的时光里，和我同度短暂的几年、几十年。

每个周末相约的西乡河，近乎完美。这一段岸，属于经常散步的我和妻子。尤其冬天，凉爽，清新，紫荆花全部笑起来，一树接着一树的笑脸。一笑就是几个月，一边开，一边落，满满铺了一地。骑着单车在上面走过，碾压出紫红色的泥，连车轱辘都是紫红色了。

漂在水里的五瓣儿的紫荆花随着清浅的水转一个圈，打着旋儿，推开细细的水草，或者被水草绊住，停在那里发呆。也不急，就静静地等，等另一瓣花蹭自己一下，一起牵着手继续往前漂。

紫荆树下是长长的绿化带。我也不认识那些植物，只觉得它们很硬，看一眼都会被扎一下。紫荆花落在上面，我会不由自主地去捡拾，或者揪下一片叶子，在手里一点点撕碎。妻子十分痛恨我这个毛病，数落半天。在她尽情数落的时候，我已经揪下了另一片。

我还喜欢用手机拍照，走一走，拍一拍，发到微信上。好东西就是要分享。我喜欢让一朵花挡住镜头。下面是水，旁边是楼。一个照片里，花的比重很大，楼和水是虚的，花是实的，艳的。

这一段路的开头，是一个很大的物流园，门外的道路上，经常有违停的车辆。车窗玻璃上，时有新贴上去的违停罚单，或五百，或一千，粉红色的纸在风中哗啦啦乱飞。我很奇怪，既然知道这里是交警重点看护对象，车主们为什么还“前赴后继”？

想到深圳的很多企业家、店铺业主，做生意成功的概率也许不到三分之一。但大家前赴后继，谁知道哪一次就赌准了。每天总有大货车进进出出，附近的几条路经常拥堵。

门面上醒目地写着：“联运物流，韩国专线”“深港物流”“深圳至怀化、湘西吉首、贵州铜仁、郴州、衡阳、耒阳”之类。

附近几个小区的人都很讨厌它们，甚至要求迁走这些“扰民项目”。其实物流园在这里的时间，比小区更早。他们把深圳的大量工业品源源不断地运出，钞票源源不断地流到深圳。如果迁移了，企业成本也许会大大增加。

每隔几百米，就有一座桥。这边走腻了，随时到对岸去。

其中一座信立泰桥，还立了一个碑铭：“信立泰桥，全长18米，宽5.5米，由深圳信立泰企业出资修建。2003年春破土动工，同年7月建成通车。河东高楼耸立，树木丛生，百草丰茂，万物呈祥；昔日荒滩今日难觅，来年清渠喜有时，彩云飞，水澹澹。”桥的旁边就是深圳信立泰药业股份有限公司所在地。这是利人利己的行为。但落款是“公元二〇〇九年秋立”，不知为什么通车时没立石碑，六年后才立。

岸边最安静的地方，是西乡敬老院。旁边紧挨着企龙山篮球公园、企龙山足球公园。两个公园，是某年的西乡街道十大利民工程项目。很多人在公园里打篮球、踢足球，小孩子在那里小鸟一样飞来飞去。

水鸟在岸边呆呆站着，或者沿着窄小的水面翻飞。它们带起了风。风一吹，河就动起来。似乎听见有人在喊，看啊看啊，河水走路了。

有水的地方就有风，有风的地方就有水。谁给他们撮合的呢？

清水中也有鱼。我一度看到闲人坐在那里垂钓。像细水一样的细鱼，小拇指一般长，很孱弱的样子。钓上来也不能吃。有一次见到一个穿着笨重皮衣的人在水中笨拙地走，一边走一边伸手入水。鱼有这么笨吗，等着你来捞？后来看他穿着清洁工的制服，才明白原来是在捞水草。那么热的天，在水中伸腰、弯腰。我用手机给他拍照，特意弄出动静，让他知道我注意到了他的劳动。他向我挥挥手，也许还笑了。

还有几座榕树。不是几棵，是几座。榕树的根从树干上垂下来，扎入土地。像一根根绳子，把树固定在那里。日复一日，树越长越大，成为一尊神。

树下有一个简易的关帝庙。典型的违建，约有一人高。门框上贴一副对联，上联：作镇统元居五岳之长；下联：资生合撰妙万物而神。

庙的正中间，是关公手持大刀的站像。两边坐着两个护卫，一个是观音菩萨，一个是如来佛。

也许，他们三个是并列的。中国人讲究“见神就拜准没错”。每个神不一定都帮你，但都有找你麻烦的本事，所以还是谁也别得罪吧。把三个都放里面，关羽不知道高不高兴。虽然他在中间，但也惹不起身边这两位。

主殿旁边，一个更简陋的窝棚，就像饮料店门口的遮阳伞。里面有一尊一人高的关公像，还有一群各式各样的菩萨、财神，热热闹闹像赶集。

不知是谁在这里搭建的。香火足够旺，坛子里的香灰堆积了很厚。我多次从这里走过，却没见过一个人烧香拜神。只有关帝面无表情地看着我。

我不敢盯他太久。万一他的眼珠转一下，一定会吓到我。我跟别人讲，别人也不会信的。

遍布岭南的榕树，树荫好大。我以为树下适合做两件事，一个是摆桌喝茶，一个是烧香念佛。

某一天，我心血来潮，要到西乡河的最源头去看看，就像找一个朋友的老家。看看他出生的地方，拜访他的爹妈，见见他的兄弟姐妹。

路程不远，往上走几公里就到了。那是深圳市较大的水库——铁岗水库。



我见到这样的场景：紧邻铁岗水库，一道高高的水闸，上面盖了一个三层小楼一样的东西。是瞭望塔，还是操作站？远远望去，有点小宫殿的意思。

水闸的下面，是一个水池。里面静静的一潭水，水上漂着一圈睡莲。小红花，突兀地立在圆圆的莲叶上。这个相对独立的水池子下面，一道水泥隔断，是另一个独立的水池。也是静止的水，水上漂着一圈睡莲。不知两个水池子下面是否有互相连通的管道。

这也不像一条河的源头。

再往下，又是一道水闸。上写五个红色大字：西乡分洪闸。水闸上有一个二层小楼。下游，是绵延几公里的草地。茂密的草，挤挤插插地欢叫。

这一片草地，我称之为“西乡大草原”。有几次和妻子走到这里，我突发奇想：好多的草，至少可以养十几头奶牛。如果每天挤新鲜的牛奶去卖，也能赚不少钱吧？这些奶牛如果再生奶牛，子子孙孙无穷匮也，就像鸡生蛋蛋生鸡的故事，或许能发大财呢。

妻子只是哼了一声，表示反对。

她知道我说说而已。我要做哪些事，不会做哪些事，都在她心里。

但草原和水有什么关系呢？

草丛里，隐藏着细线一样的一点点水。俗语，涓涓细流汇成河。它这一条细流跟谁汇集？

我跟着这条细流，慢慢地骑着单车。看着它渐渐变粗，变得浑浊。

过了尖岗山大道，草原结束了。景观陡变。水泥岸上，插着一根粗大的铁管子。白色的水柱源源不断地喷出来。旁边还有两个生锈的、细一些的铁管子，上面钉了很多小孔，喷泉一样射出水来，射得很高。

那是经过处理的生活污水，还是铁岗水库排出的多余的水？水，争先恐后跑啊跑，来不及回答我。

在这里，水面一下子变宽。再下面，就是我见到的西乡河了。

也许每条河都有不同的开始，但起码应该是地下溢出的自然水吧？

心里空荡荡的。我的朋友，他的源头竟然不是小溪。

他似乎没有出生。没有接生婆，没有一个做过月子的妈妈。

这不像一个缘起，不像一篇文章的开头，这是他给我的答案吗？

很多人，你和他一起表演，一起唱和，和他如鱼得水。却不知道他那些逝去的光阴，不知道他的故乡，不知道他为何而来，不知道他怎么走到今天的。每个人关注的，都是当下。而每一个同样的当下，几乎全有一个不同的开始。一个个小偶然，让他们调转方向，把他和你分开了，或者联系到一起。你要找寻的开始，本是这个偶然，这个天赐的机缘。

最后发现的，却是另一个偶然。

我仍坚信，这是一条河。

确认了这一点，我才会跟着它走。否则，与跟在一辆汽车后面，跟在一对情侣后面、一个流浪汉后面，有什么区别？

我要沿着它的水，随着它的岸，一直走到黄昏。那些尽头，藏着我的一个梦。

河水从前进路下面进到一个巨大的地下水管，像一条病了的小龙，弱弱地钻入既定的黑暗隧道。从马路对面探出头，一湾浅水，左拐，又钻到西乡大道下面。在西乡大道对面露出来的时候，被一个建筑物镇住。上写“西乡大道235号”，旁边一个警示牌：“水深危险，注意安全”。

我无法沿着河水骑车了。岸边是一排排住宅。保安拦住我说，共享单车不能进入。问，这是什么小区？答，金雅园小区。



也许它不该被称为一个小区。我知道，它们都是农民房。很多时候，一栋楼即一个小区，一个独立的单位，属于不同的人，有个“某某园”“某某苑”“某某轩”之类的名字。

它们分割了土地，天空还是整体的，还是蓝的。太阳照得人都懒洋洋的。

这里的西乡河，气质变化了，像被圈在社区内部的景观河，水体不复上游的清澈。密密麻麻的芦苇和野草遮盖了几米宽的河道。刚刚走近，一只肥胖的野猫猛然从草丛里窜出来，慌慌张张地逃走了。也不知它做了什么坏事，这么心虚。

高低错落的楼房底下，几个孩子在做游戏，说着让人完全听不懂的话。一个孩子站在旁边发飙，拿木棍狠抽一棵蒲葵，“啊”“啊”地大喊。其他孩子对他视若无睹，一圈一圈地奔跑、追逐。

多年以后，他们回忆起自己的童年，岁月会是个什么样子？西乡河边恹恹的午后，有诗歌的味道吗？

一个年轻的女性义工，坐在黄色的塑料椅子上打瞌睡。义工（外地称为“志愿者”）多，义工组织遍地，成了深圳的一大特色。来自五湖四海的年轻人，需要排解下班之后的孤独。去酒吧，可以；看电影，可以；献爱心，更可以。一起维护交通秩序，一起清除垃圾——他们要找个团体取暖，通过为别人服务获得认同。其他地方，尤其三四线城市，几代人在一起，一个家族，一个同学群，都在附近，随叫随到。他们没有这种需要。

这里有一个名为“青春庭园”的小区，不多的几栋楼，紧挨着前进路和107国道，交通方便。在原特区内工作的小青年，喜欢租这样的房子。我一度想在那里买个二手房，因为面积小，都是三四十平方米，总价低，一百万以内差不多就可入手，宜投资。结果一年时间，价格翻倍，如今还在慢慢地涨——再也买不起了。

站在远远的地方，看着一栋一栋平庸的、不怎么起眼的楼房，禁不住悄悄叹一口气。

穿越了车来车往的107国道，西乡河便流淌到西乡步行街。

最早到西乡步行街来，是接到邮局的电话，有个邮件需要自取。那两年还没共享单车，我花一百多块钱买了辆二手自行车，天天和它一起穿大街走小巷。大热的天，汗流浃背地骑到步行街上的邮局，发现不过是出版社邮来的样书，还要拿身份证一本正经地验证。快递都便捷到什么程度了，曾经的垄断型企业还是这种服务方式，怎么活下去？

很多本土打工作家的笔下都出现过“西乡步行街”，逛一逛却没什么稀奇。楼都不高，店铺一个挨着一个。有茶餐厅、网吧、宾馆、饮料店，各种真真假假的名牌，廉价甩卖的裤子三十元一条，布鞋二十元一双。扩音喇叭里一个比一个声音大，吵得人脑袋发胀。穿着白衬衣的小伙站在路口向行人发放卖房的传单，基本都是东莞惠州和中山的房子。还有的直接发赠品：一把小扇子，扇面上有泌尿专科的广告；一叠手纸，手纸上印着小额贷款公司的电话；一本杂志，杂志上底部贴着一个安全套……

特意走到“北帝古庙”里去看了一下。这是市级非物质文化遗产项目。每年的农历三月三，都要举办盛大的庙会活动，旁边立着“北帝古庙广场庙会活动用地”的标牌。其实哪有什么广场，一小块空地而已。

所谓古庙，只有几间房子。红柱子的牌坊，门口坐着两个乞讨的老人。面前摆一个铁盆，懒洋洋地看着进进出出的信徒。你给他扔几个零钱，他就掂一掂盆子，发出一点响动，表示感谢。你不看他，他也不看你。并不执着。

里面供着玉皇大帝等神灵。此处的玉帝比大榕树底下的关二爷地位高多了。其侧门的对联是：凤形涌出三尊地，龙势生成一洞天。“一洞天”倒是挺形象。拥挤在一群房子中间，只能看到天空。北帝庙实在逼促。

一个中年男人，有些秃顶，落寞地跪在那里，我看不到他的面容，却看见一双塑料拖鞋的鞋底，脏兮兮的。

两个女孩子，短头发，好像是附近工厂的女工。手里握着粗大的香烛，表情肃穆，跪下神龛前，头一个一个地磕下去。那应该不是标准数字，她们磕了好多个，就跟比赛谁磕得更多似的。也许心中装了太多的愿望，一定多磕几个才能让神灵注意。

她们是否问过神灵：自己是谁？从哪里来，要到哪里去？

不，即使只祈求今年多挣一些钱，她们也是圣洁的。她们那么漂亮，那么年轻。神灵会满足她们所有的俗世欲求。

一片青草地而已。是我心中的大草原

这里的房子已经紧紧贴着河了，如果说那是一条河的话。

那是一条不折不扣的臭水沟。

你不会知道水是怎么变色的。水面上并没有漂着过多的固体。塑料袋啦，烂木头啦，死猪啦，都没有。岸边的桥栏杆上，明晃晃地贴着蓝色告示：严禁向河道内倾倒垃圾、杂物，违者重罚！

一股流动的灰色液体，散发着异味，水体比较稠，艰难地向前行进着。我想，一定是什么东西，沤烂了，溶解在水中，才有了现在的状貌。

紧贴着岸边，是汹涌的人潮。两侧的市场上，人流比那些“水”还稠，浓得化不开。杀鸡的，卖鱼的，开蚝的，光着膀子挥刀砍猪肉的屠夫，拎着小包打着伞的美女，手里牵着孩子的大妈。孩子抛开奶奶，去逗案板下面的一只小猫。小猫则吓得直往里面躲。

他们在这附近居住，生儿育女，却一定不会把西乡河当成风景。如果可以，他们会尽快攒够买房子的钱，到几公里外的商业小区里去买一套楼房，全家在小区的绿荫下欢声笑语，听清晨的雨滴落在树叶上。

一个桥连着一个桥。桥上，一个穿着拖鞋，光着白白的腿的少妇，啃着面包对一个孩子说，离开一点，那么脏。

那股久久不散的气味非常大。我用手机去拍那“河水”。照片里的“水”倒不显脏，被阳光一照，居然还有波光粼粼的感觉。而且，镜头里出现了一座正冉冉升起的高楼，脚手架旁的墙体上面有“70万平方米城市综合体”“一号线无缝接轨”“89—172平方米新品盛启”等字样。

我沿着西乡河走，和它一起穿越俗世的深圳。前进路、西乡大道、107国道、宝安大道，一条在主城区里穿梭的河流，上上下下，隐隐现现，把宝安区最重要的通道都给贯穿起来。

城市在上面光鲜地走。它在下面越走越慢，慢得近乎爬行。

过了宝安大道，两边的楼用力往里面挤，把河紧紧夹在中间。但河边修了很高的水泥堤岸，人是上不去的，只能看到一丛丛的木本绿化带，不时露出一朵朵粉红的花。那是簕杜鹃，又名三角梅，是深圳的市花。如果不仔细打量，你甚至不知道这里还有一条河。

走啊，走。感觉走了好长的路，感觉随时要挺不住的时候，到了新安六路。

某年夏天，打车经过新安六路，闻到一股很臭的气味，以为司机偷偷放了个屁。他明明开着窗，应该很快就散尽了。又赶上堵车，几个红绿灯过后还是停在那里，臭味久久不散。不禁埋怨了一句，“好臭”。司机说，唉，这西乡河啊，多少年也治不好。

此后多次从那里经过。想起那句广告词：熟悉的配方，还是熟悉的味道。

如果西乡河有生命的话，这应该是它的尸体了吧？

这里是宝安中心区，离著名的前海自贸区已经很近了。小区林立，主干道中间的隔离带上，粉白色的夹竹桃开得耀眼。上空是飞机道。全国各地飞临深圳的飞机，都要从这里经过。我有个朋友，家住在附近，中午吃饭的时候，一会儿一架飞机，嗡嗡嗡，嗡嗡嗡，很吵。

他淡淡一笑，说，习惯了就好了。

在一个叫作海语西湾的小区附近，西乡河流入地下，我骑着单车，沿着它的方向走，希望它再从地下冒出来，但是不见了。再往下，就是长长的广深沿江高速。高速路旁边，应该就是珠江。这么说，西乡河汇入珠江了？

我问一个协警，西乡河在哪里？他摇摇头，有点不好意思地回答，不知道啊。

挡在下面的水，被掩盖的水，就这样不明不白地没了。

它应该消失在大海中了。它成了大海里的一滴水。大风突起，随着热风掀起的大浪翩翩而舞的，莫非就是它？还是大海吞噬了它，将它消化成一条鱼，一只螃蟹？

这就是它的终点吗？

终点是看不到的。也许，它还在行进。

它的思考停止了吗？它知道自己到底是谁了吗？

海边的风很大，一下一下地吹着我。我不敢再想下去。无论我有多少想法，终究都要被风吹散了……

百度中说："西乡河位于广东深圳宝安区西乡街道，河道始于铁岗水库溢洪道消力池出口，流经西乡街道中心区后进入珠江口，河长18公里。""西乡河现有河道宽窄不一，淤塞严重，加上两岸城区市政管网两污合流，西乡河实际上成了城区排污的通道。"

# 别让公共汽车站起来

一辆公共汽车夹杂在车流中间，浩浩荡荡地匍匐前进。道路两旁高大的榕树各自向中间侧着腰身，拢成一个浓绿的棚顶，长长的望不到头。

新能源电动公交车的噪音很小，悄没声地启动，行进，停下来。再启动，再前行。车流如见缝插针的水，穿过高楼大厦，拐进偏僻的小巷，然后进入一条长长的隧道。前面后面都是车。它们呈淹没之势，汹涌而来。然而车道上的公交车开着开着突然就剩下了自己。其他车辆全部隐去，似被阴影遮盖。这辆车不肯按部就班，随波逐流，越走越明亮，仿佛被打上了光环。光环越来越重，让公共汽车变得越来越大……

车流中的任何一辆，都可能成为这凸显的一辆。我只盯住了其中那辆公交车，感觉那辆车变成了我。

公共汽车是极富诗意的一种事物。它的平常性、世俗性、不确定性和忧伤，为这个城市铺上了一层底色，让这个城市的人生动起来。每天只要看到它，我陡然感到，这是我的城市，这是我的一天。

深圳的树真多，排兵布阵般站到道路两旁。榕树、紫荆花、异木棉、凤凰树，三百六十五天总有花开。红的、黄的、粉的、蓝的，走马灯一样随着季节此消彼长。它们伸出长长的枝条，时不时擦碰着倏忽而过的公交车，似乎要拦住它。是公交车欠了它的钱，还是它要和公交车说些什么？或者，这仅仅是个玩笑？那些树在路边空空地度过了一个又一个白天和黑夜，十分寂寞。它们和鸟儿聊过天，和天空交流过季节转变时的阵痛。如果某一个晚上，一辆公交车抛锚在路边，周围的树是否会凑过来一起跟公交车聊聊？和这些一辈子不动地方的树比起来，公交车真算见多识广了。它的每句话、每个见闻都会让树枝惊呼不已。

依然没离开这条路，还是冷热不忌地站在这里。获知了外面的世界，心态就不一样了。在天亮之前回到原位，它们的叶子中间除了鸟粪还有故事，自身有了重量。等它们去世的时候，就可以无愧地说，我是一棵有故事的树。

树的下面是等车的人。

我写过一首诗。

老人点起一支烟，吸一口
递给坐在对面的老人
石凳托着他们俩
大树下，夜晚弥漫起轻霾
候车亭灯光暗淡
十几个年轻人站在马路牙子下面
各自低头看手机
吱嘎一声
公交车关掉远光灯
下来一些人
上去一些人

——《傍晚》

这首诗中，我是个旁观者。年轻人是十几年前的我，石凳上的老人是若干年后的我。我介于他们中间，乘着公交车，从我的青年走向我的老年。

公交站台已不是人来人往的地方。平时坐公交的也没几个人。公交车大摇大摆开过来，打开门，一个上车的都没有。司机也不尴尬。这个流程不能省略，必须过一遍，关上门继续开。我经常可以看到空空荡荡的绿色公交车在街头落寞地奔跑。

一天中只有上下班高峰期才会拥挤。

外地人第一次到深圳，公交站点长长的等车队伍也许会给他们一点点震撼。人潮蜿蜒着，神龙见首不见尾，从地上排到天边。我亲眼看到一个人从地下走到天上。

排队是个好习惯，它的内核被称为“文明”。等大家从大惊小怪到视之为常态，文明也就浸入骨髓了。基本的生存越来越不是问题的时候，人们自然就越来越区分行为上的差别。

文明是表现优越的一种姿势。你火烧眉毛一样，左顾右盼，心神不定。我的从容不迫可以衬托出你是个土老帽，让你自惭形秽。哪怕你穿着和我一样的西服，系着同款的领带。排队时各自的神情和心态，已悄无声息地展现出彼此的不同。

犹记当年在北方C城，离下个站点还差一站地，售票员便急吼吼地喊，某某站快到了，要下车的乘客提前到后门等候。如果不配合他做出一副着急的样子，而是不紧不慢往后门挪，脾气暴躁的司机就会破口大骂。有一次，因为售票员推搡怀孕的妻子，我还跟那个蓬头垢面的年轻人干了一架。后来派出所处罚了售票员并向我们做了赔偿，但这一架在我身体里生成了记忆，固定了我的公交思维模式。

到深圳后第一次乘车还是急急忙忙往后门赶。司机提醒，不要着急，等车停稳再下车。再看周围，几个乘客麻木地瞅着我，给我一股无形的威压。心想，露怯了。

这些爬行的公交车若突然站起来，整个城市会不会惊慌失措（欧春健 摄）

这里的公交车司机更注意安全问题。万一磕碰，司机是要负责任的。他让我感受到另一种生活方式，在北方那种集体焦躁之外的生活方式。

排队的长龙一点点按比例剪短。但七点四十分左右，队伍忽然一阵骚动。大家都看着表，掐着自己的时间呢。有的八点半打卡，有的九点打卡。公交车正常行驶半个小时，高峰期一般会堵上一阵，延迟十分钟到二十分钟。这一趟赶不上，下一趟一定晚点。队伍迅速由长变粗。车刚停下，乘客一哄而上。手、胳膊和腰暗暗使劲，以期把别人挤下去，把自己撑进来。他们还是忍住不暴露动物本性，可已经产生的不安，必须通过挤压才能释放。人的伸缩性此时体现得最为明显。只要三四个人同时屏住呼吸，就能挤出一个人的位置来。

最后所有的人都挤上去，无一剩余。整个车厢好像鼓了起来。

这一趟车走后，排队的长龙一下子消失了。再来，便是零零星星的人。两三个人懒懒散散地继续排着一两米的队，恢复了文明景象。



按常理，晚高峰应该重演一次长龙变粗，但文明表现出更强的韧劲儿。毕竟回家早晚是自己的事，不用打卡，大家都不这么着急了，能等下一辆就等下一辆。

坐在双层巴士上，立交桥仿佛离头皮只有十公分。两侧的车辆都矮了很多，霸道的SUV汽车也成了小爬虫。平日需仰望才见的芒果树上，挂着一个个坚硬的、随时掉下砸到人的水果，现在看则是可怜巴巴地吊在那里。我只要轻轻一吹，它就会掉下去。

一朵接着一朵，串成粉红花环的簕杜鹃也变低了。昨夜一场雨，簕杜鹃的花萼里积了一小汪水，此时正一点点“滴下去”，若是站在路边，看到的是“滴下来”。

原来高处的事物，现在都一览无余，沟沟坎坎只是沟沟坎坎，并没那么多心机，也不再咄咄逼人。看清这一切，我便发现过去那些日子的斤斤计较和绞尽脑汁是多么可笑，公交车拐一个弯儿，那些曲折就不见了。即使当时不纠结，事情也会迎刃而解。

其实只是高了一米多一点。这一米多却是另外一个世界。就像姚明和曾志伟，同时眺望，看到的分别是两个远方。

那个巨大的广告牌，确定无疑是深红色，这会儿在阳光的照射下发生了变化。正面看到的是亮丽，侧面是清浅，背面是阴郁，公交车绕过了它，仿佛绕过了一个世界。早晨的阳光和中午、傍晚的阳光又不一样，它们把不同的表述投射到任意一个物体上，命其一天到晚变化不断。

密密麻麻的楼房，也不复原来的样子，此时成了一个纯纯的建筑物。里面住着的那些人，那些人的故事，恩恩怨怨，爱恨情仇，都被这连绵的建筑物淹没到忽略不计。这些建筑成了一个个颇具文艺范儿的作品，被谁创作完成，摆在这里，还刻意修理了一番。刷上另一种颜色，就是品质升级；上面加几个小小的雕塑，就成了另一个品种。

等红灯的时候，车上的人可以感觉到公交车轻轻的震颤，仿佛一匹长途奔袭后暂停下来的马，身体不由自主地发抖。一只蚂蚁也会颤抖，但没人看得到。越是巨大的事物，哪怕是轻微的震颤都能传染给接触到它的人，以至乘客都情不自禁地轻颤起来。

我在公交车里，道路上的事物装饰了我的画面，一幕幕像过电影似的。我闭上眼，它们依然在我脑子里流淌，进入我的心里。

我可以看到那些一边走路一边低头刷手机的人，眼看就要撞到树上了，一拐，很自然地绕过去。他们的脑门上像是长着第三只眼，可以引领他们走向目的地。这个世界上的人，脑袋上都长着两只眼，他们不靠两只眼睛领着回家，而是靠第三只眼。他们行色匆匆，神情恍惚。累了一天，脑子要休息了，眼睛也闭上了，但那第三只眼睛神一样引领着他们。无论是看手机的时候，骑共享单车的时候，都像公共汽车引领乘客一样。他们在公交车外面，却似乘坐了一辆无形的公交车。

还有迎面而来的电单车。电单车上的人，大多四五十岁，胡子拉碴，也有头发蓬乱的妇女，他们都眼神僵硬，在机动车道上迎着公交车或者私家车就直接开过来。公交车并没有停下的意思，一眨眼，公交车和电单车各自沿着自己的方向走了。没有看到争吵，没有文明和野蛮，没有规则和违规。

他们的心里长着第三只眼。

我看到，一个山头挨着一个山头，深圳的山真多。公交车刚才还在繁华的大都市里穿梭，转眼就是一个山岭。山岭举着一棵一棵的树。它们被抬得那么高，自己都不好意思弯腰，一个个站得笔直，聚成一团，直冲云霄。

有的私家车在公交车道上奔跑。公交车专用道用黄色实线框定下来，上下班高峰期禁止其他车辆使用，跨线者轻则罚款，重则扣分。私家车冲进来，或许是车主要拐弯，或许干脆就是走神了。他意识到自己走错了路，想拐回去，已经被其他车辆挤住，只好慢悠悠地在公交车前面晃。公交车司机使劲鸣笛，依然赶不走那只钉在马路上的苍蝇。

公交车继续开，到了海边。海风吹着，肮脏的水上冒着气泡。这个滨海城市，适宜游玩的沙滩不多。一个叫作大梅沙的地方，平时人挤人，人挨人，比公交车上的人还多出很多。大梅沙就像一个晃晃悠悠的公交车，无论多少人，摇一摇，都能把这些人均匀地摆布在沙土了。

车厢里上上下下的那些人，我和他们本没关系。我看见了他们，他们就成了我生命的一部分。水过也有痕，风过也有痕，眼睛的一次恍惚，心里的轻轻一个颤动，眉头的一次紧皱，都是一次记录。怎么能说无痕呢？甚至，那些从无直接交集的事物也会给我留下印痕，我全不在意。只在若干年后的某一天，它忽然跳出来，闪闪发亮，仿佛老朋友一般。

公交车司机是其中一个。他一辈子以后脑勺示人。没事的时候不会回头。我分辨是否昨天的司机，只能依据其头发颜色和多少。即使他的亲人上车，也只能看到他的后部。平时都是脸对脸的，熟知其眼耳鼻口，此时看到亲人的后脑勺，就像看到了他的隐私，看到了他最脆弱不设防的一面。心里应该有一点点的心疼吧？

而坐在驾驶位上开车的那个司机还是昨天的司机吗？如果是，还是去年和前年的司机吗？

座位总是固定的。司机却要倒班、轮岗，要退休，也可能遭遇各种波折和变动，他们看似坚固的地位，随时都会被别人取代。

他掌握了别人的方向，自己的方向却不一定能把握。取代他的人，每天做着和他同样的事，握着同一个方向盘（有时也需把方向盘上的套子换一下，洗一下），到了同一个弯路，都要打方向盘。遇到同一个经年不做修整的水坑，都要减慢速度，轻轻颠簸一下。在同一个路口，等同一个红灯。新任司机肯定有自己的个性，而在这些条条框框里，前任后任要遵守同样的规则。前任和后任的轮换，对于行走这件事几乎没有意义。

开车的人都变了，其他的还有什么人不能变呢？车厢是一个载体，所有的人都在变。司机在变，乘客在变，甚至公交车也要以旧换新，不变的只是一条条道路，把人引向既定的远方。

哦，道路也要调整。有几次，我被改换路线的公交车拉到了本不想去的地方。下车后，我像小时候迷路一样，心里荡起一丝小小的惶恐。

乘客万事急不得。有人发现错过了站，让司机停车，就近下车。司机不同意，乘客便痛骂司机。他忘了，自己在公交车上是无法选择方向的。司机才有决定权。既定的道路，既定的速度。你的计划违背了这个规则，就要自己承担后果。急性子的我，从不跟司机较劲，就像我从不跟饭店服务员、街头菜贩较劲一样。

我注重规则，只要乘车，无论大巴还是自驾，上车第一件事就是找安全带。有一次去大礼堂开会，坐在连排椅上，也下意识地找安全带。公交车上是不配安全带的，让我常常觉得不安全。对安全带有了依赖，对司机和道路都快信不着了。

夏天的热特别匹配公交车车厢里的冷。不知他们为什么把冷气开得那么低。一上车，整个身体的汗毛都松了一口气，耸了一下，然后又闭合上了，避免冷气大批量浸入骨髓。下车之后，冷肉被闷热的天气灼一下，就成了非常舒服的温和。从公交车上下来的人，伸一伸胳膊，个个都是一副心旷神怡的样子。

两只蚊子在车厢里嗡嗡响。深圳一年四季都有蚊子。即使在最“寒冷”的冬天，它们依然不会被冻死，但觅食能力减弱，或许也进入了冬眠。它们躲在被褥下面，花瓶下面。有一次我打开一本书，蚊子居然从封面和扉页之间飞了出来，在我面前晃了一圈，不情愿地走了。它也许正在读作者写给我的赠言，读了一半，被我打扰了。

南方蚊子比北方蚊子要狡猾得多。北方的蚊子都是傻大憨粗的，平时就呆愣愣地站在白色的墙壁上。吃饱了人血之后还趴在那里。用书一拍，墙上鲜血乱溅。南方的蚊子叮了你一下之后，躲到你看不见的地方去消化了，它们速度快，反应敏捷，善用保护色，绝不和周围的颜色形成对比。你很难找到它们。

公交车里的蚊子似乎进入了困境。它们当初懵懵懂懂进入车厢，应该不是自己的选择。车厢里这么冷，绝不适合它。但车厢内封闭性太好，它进来容易，出去却不容易。车门一开一关，虽然是个好机会，但那个地方的人口流动性太强，它有点眼晕。

既然在公交车里面，就要叮人糊口，就要引起乘客的下意识反应。车座前后的人纷纷拍打，啪啪声此起彼伏。这种零星的追打很难有什么结果。而乘客和乘客通过击打蚊子，确立了彼此的关系。

蚊子风波过去后，他们就坐在那里，各自玩着自己的手机。唯一一个手托着下巴，靠窗做长久思考状的，也许是手机没电了。

前后座的人，如果用快放的方式播映，一个站起，一个坐下，走马灯一样。

拥挤的时候，他和我呼吸挨着呼吸，皮肤挨着皮肤。转眼我们就成了陌路。而我对此视若无睹。每天我有很多可能把陌生变为熟悉，绝大多数还是错过了。如果拽住某一个陌生和它一起走下去，故事可能就由此展开，我的人生踏上了另外一条路径。

上下班的公交车和旅游巴士性质不同。上下班的那些人多是沉默的，他们的话在工作时都说完了。面对自我的时候，他们不愿意再多一句话。不像旅行大巴上的人，热烈地讨论着，期盼着他们的前方。

开车的，坐车的，上车的，下车的，实在没什么话可讲。语音提示把该说的全说了："大浪社区到了，下车的乘客请……"刷一下公交卡上车，"嘀"一声，自动扣费。

高峰阶段，后面的人无法挤到前面刷卡，就递给前面的乘客。前面的递给更前面的，一直默默传到紧挨读卡器的那个人。刷完，再一个个传回来，大家基本都不用说话。偶尔有人会问，这是谁的公交卡？主人能准确地接过来。那么相似的公交卡，像孪生兄弟，他们都能看出细微的差别。那个公交卡在他的心里已经印了多少遍了。

这些人回到自己的家里或者自己的生活圈子里，应该是生动的，或者是幽默开朗的。但整个车厢让他们沉默了下来。被沉默笼罩着，想不沉默都不行。在这种沉默里，彼此都成了面目模糊的人。

乘坐公交车的人，一年又一年，甚至一代又一代，换了很多人。越来越多从公交车出发的人，渐渐远离。深圳的公交车乘客基本都是二三十岁，平时则是孩子和老人居多。一些老人喜欢在不拥挤的时候，坐上公交车四处逛逛，红树林、大梅沙，以及遍布全市的公园。公园都不大，很精致，一年四季的鲜花，不大的一池水，小亭子，水边几个崭新的躺椅。老人们在这里找到了自己的通道。已经进入下行通道的人，正在学习走好下坡路的人，成了一道特殊的风景。那些行色匆匆的年轻人，还是风景的局外人。

最初被公交车拉过的那些人去了哪里？他们还会回头看一看公交车，以及公交车上的这些人吗？他们是有了其他出行方式，比如地铁，比如私家车，比如干脆离开这个城市，还是坐着另外一辆公交车，去了另外一个地方？

公交车貌似一个巨大的隐喻。这个隐喻是什么，一两句话也说不清。深圳的公交车和其他城市的公交车一定有很多相似之处，但也有自己的独特之处。以公交车为原点，这里的每一件事，每一棵树，每一粒阴霾里的灰尘，每一个高冷的白领和流水线上穿着统一制服的每一个工人，都散发着各自的气息。他们被创新、“来了就是深圳人”、漂泊、上市公司、超高房价等宏大叙事笼罩着，努力地坚持着自己，哪怕这个自己异于那个固定的模式。他们的发散外扩，却成为凝聚这个城市的最核心的气质。

公交车拉着我。刚才还在宽阔的大道上行进，这会儿进入了一条幽深的小径。在小径的尽头，我不知道有什么等着我，我只是跟着公交车慢慢地往前走，往前走。幽暗的阳光笼罩着公交车。公交车越走越深，似乎进入时间的隧道。

公交车拉着我去远方。心中的不确定性渐渐生发、长大。如果我不知道公交车的起点和终点，随便坐上一辆公交车，那么我就相当于把自己放到了大海上的一艘船，随便跟着方向走。我没有做自己的选择，而是让公交车替我做了选择。我沉默着。是公交车司机把我带向远方，我相信他一定会把我带走，不至于遗忘在这里。他不会把我带到沟里去，而是带到一个明确的方向。

那个方向，我不知道，只有公交车司机知道。这仿佛是我们两个之间的一种默契。他不说，我也不问。我们心照不宣，就像路上两个人打一打招呼，彼此知道对方要说什么。

如果一辆公交车让我坐上三遍，我便和它熟悉了。我知道它的每一个站点。每一个站点上，人多还是人少，高峰期有多少人，平常时段有多少人。我熟悉它就像熟悉自己有几根手指头，手指头上的指甲有多长。这种熟悉让我沮丧。我不再被陌生感觉攫取着，甚至可以躺在座椅上轻轻睡过去。睡多大一会儿醒来，都不用上闹表，我的生物钟已经自动调整好了。这种生物钟会按时叫醒我。没有陌生感和焦虑感，我就不会睁开好奇的眼睛打量窗外，打量窗外每一个可能出现的陌生和意外。

熟悉到这个地步，这辆公交车对我还有什么意义呢？我要的就是陌生和好奇。如果我每天走向它，跟随着它，就像吃饭和睡觉一样，那么它就不再适合我。我只是从一个地方到另一个地方，而不是从一个熟悉到另一个陌生。我希望它让我紧张，让我焦虑，让我惆怅甚至沮丧和痛苦。

当这些它都给不了我的时候，我只有再换另外一辆公交车。另一辆公交车会带给我新鲜感。它像一匹飞奔的骏马驮着我，在深南大道、滨海大道和北环大道上飞奔。它像一条泥鳅，把我沉在生命底部的东西搅动起来，激活它，让我随着时间舞蹈，让我波澜起伏，动荡不安。

但它依然会稳定下来，变得熟悉。那样我会怎么样呢？再换另外一辆公交车。是的，我必须换另外一辆公交车。好在这个城市有无数的公交车可供转乘，然后它们行驶到一个我不熟悉的胡同或者高楼大厦，或者一片小树林，或者一个地铁口。那儿的人，我都不认识；那儿的建筑我也从没见过。它们给了我激烈的撞击，让我渴望在这儿多待一会儿。

我开始了另一个旅程，另外一种生活，虽然这种生活我还会熟悉下去的。

而事实上，我并不是一个乐于追求陌生和紧张的人。骨子里的我，很沉溺于现在的平静。我熟悉的家人、熟悉的朋友、熟悉的地点，让我颇感安全。我可以心无挂碍地睡去，做个不用大声呼喊的美梦，然后懒懒散散地醒来。但是陌生和远方对我的吸引却永远存在。我在钢丝上跳舞，并非非此即彼。它和我现在安于的状态并不违背，反而相得益彰。

它们两个都在我的身体里。不打架，相互观望，相互照顾，甚至相互帮助。它们是我身体里的两个组成部分，构成现在的我。它们看到了过去的我，吸取了沉痛的教训和经验。它们把现在的我打磨得更加完整。



小时候在农村，偶尔听到牛马骡子成精的故事。那些畜生天天和人打交道，被吆喝责骂，鞭打脚踢，耳鬓厮磨，沾染了人的神气，有一天突然讲话，说出一番大道理，或者幻化成人，与主人及其亲朋好友发生一段不可描述的故事。公交车每天接触那么多的人，纵是无生命的铁器，也会被这汹涌的人气改变点什么吧？走着走着，公交车就成了一个自主行动的人，它自己认路。两辆公交车，好像两个傻大个儿，在窄窄的巷子里狭路相逢，两辆车上的乘客几乎只隔着一层玻璃，脸贴着脸。公交车并不减速，眼看就要撞上了，彼此侧一侧肩，刷地过去了。那时候我真能感觉到它们侧肩的姿势。

任何一种事物都具有神性。比如一个垃圾桶，你认真盯着它，远远地盯上五个小时，如果困了就打个盹，醒来接着盯着它。突然有那么一阵儿，一个人从里面走了出来，冲你笑一笑，向你越走越近，他穿过你的身体，又飘忽地走向远方。他带走了你的神魄。你以为自己走神儿了，不相信会有超出自己想象的事情发生，但你真真切切地感觉到他穿过了你的身体。

公交车只是平常的交通工具，对于某些人来说，每天都要走进去，走出来，感知不到公交车的神性。这种情况下，最好不要细想它，就这么每天浑浑噩噩，挺好。对公交车也好，公交车不用有什么负担。

地铁和飞速增加的私家车越来越成为大城市的主流。深圳的高速公路上都会堵车。逐渐被边缘化的公共汽车，更凸显了它的诗意。如果公交车一直是主流的、被追捧的，获得的责备和辱骂肯定不少，它和责骂者一起在世俗的泥潭里摸爬滚打。如今因为被边缘化，它的落寞，让人产生不忍之心和怀旧之心，让人在落寞的时候回身打量一下它，对照一下自己，便会同病相怜。

这些庞然大物，一辆辆爬行的动物，在一个明亮的早晨，或者拥挤的傍晚，突然站起来，像一个个奔跑的变形金刚，成为这个城市的敌人。路上的人四散奔逃。那该是一种什么状况？

也许有这种可能。

一个，后来还成了大蝎的老婆。好多个周末，我都乘坐晃晃悠悠的公交车来到新圳路上那座被称为“孵化器”的办公楼。老昌的公司就在这里。新圳路其实是一条河，名为新圳河，上面
，一间给老昌住。老昌好抽烟，每天一两包，一根接着一根地抽。我在长春的时候，几乎都是抽十元以下的烟，过年偶尔犒劳自己，买几盒二十多块的已很满足。到这边看老昌他们随随
漱口。他的公司里收藏着各种真真假假的“名酒”，每次老昌都说：“我这是珍品，比茅台（或者五粮液）不差”，一副不容置疑的神情。以老昌为代表的一班文友，并没什么显赫的社
系，抽冷子还吐一口痰。我说你的诗写得那么干净，生活是这个样子，粉丝见到不会失望吧。他说失望个屁，某某（一个更出名的诗人）比我还俗，打麻将吹牛逼，但人家诗歌写得好啊
，有的聊得兴起，也留下一起吃。老昌喜欢做饭，炒菜水平一流，或许是常年在外修炼出来的。有时候人多，还到下面的饭馆去吃大餐。老昌说，我们挣点钱都他妈吃饭了。老昌的场子
化园，诗人奇志（江苏人，打牌水平不错）在那里开了个名为“私语咖啡”的小店，墙壁上写满诗人的签名和赠言，好多港台诗人、本地文人都留下了笔迹，有那么一点另类的感觉。但
地，最先接触的那些人和事物在心上刻下烙印，显得最为宝贵。但深圳是个神奇的地方，民间的力量生生不息。不久在同一地方，一帮文化人又搞了个叫“打铁文艺社”的活动场所，热
厨艺好，擅长炖鸡。一整只鸡，几乎不放什么作料，炖好后端出来，喷香。他会享受生活，给我讲解红酒的喝法，把自己做的一些手工制品展示给我看。一个破旧的轮胎，他居然能改成一
样的人还不少。原来，有些人来深圳早，攒了些家底便不再工作，一心一意享受早些年的成果。我认识这么一位，把钱投到一个电子厂，每年以股东身份拿分红。老婆没事到香港购物，丈
刚哥喜欢研究各类经济大势。2011年末，他劝我赶紧买房子，说这是最低点，可以出手了。那时深圳房价正处于盘整期，很多人持币观望，有人判断会继续下跌，连房地产中介都这么认
电话，他肯定会按时打过来。那段时间很多朋友帮助过我。他们并不热情似火。大家都很忙，有的一年也聚不上几次，但心里彼此认对方为朋友。这种散漫的方式，挺好。在深圳，我最
打电话说，自己打了一下午牌感觉心情放松多了。老婆在电话里怒斥我，你出去是干事业，还是去赌博？什么周末啊，周末也不行，你打牌就是不学好！价值观绝对正确。可那时还没有
“胡婆，你可要回来看我”的时候，居然看得落泪了。也许是触景生情吧。人到中年，早过了多愁善感的时候，发生这样的状况，应是一个人独处的结果。所以业余时间还是经常斗地主
处斗地主，有时甚至两三桌同时开战。客厅里一伙，卧室里一伙，从白天打到天黑，吃完饭接着战斗。我困了先睡，他们后半夜才走。我第二天早晨起来还得收拾他们的残局。　一天晚上
憋不住了。还有人气急败坏地问，这怎么回事？饼干不是有毒吧。后来他们问我，我说我这两天一直在吃那盒饼干，没什么事。也许是你们点儿背，正赶上那个时候变质。朋友们跟我也
达几万块。我说算了，你们玩得太大，我不玩了。他们说，就是玩玩啦。我这人不扛劝，只好凑局。还好，一个下午只输了几百块钱，但此后见到这样的局坚决不再上前。打牌本来就是
个精神寄托很容易走火入魔，误入歧途。等妻子女儿都来到深圳后，生活进入正规，对斗地主的兴趣逐渐变淡。虽然有时候也玩一玩，但不再沉迷。有必要补充几句。那一年，我在工作
进一个人，半年时间终于把一个部门及相关工作像模像样地开展起来。印象比较深的一次，处理突发事件得到领导肯定，在会议上公开表扬我。但奇怪的是，我们每天大部分工作时间是
朝的人怎么吃喝拉撒，每天怎样迎来日出送走晚霞？没有人知道。我们记录的是相互征伐，金戈铁马。朴素的工作、平庸的生活完全没有被记录。　哪个才是真正的生活？不知道。我记录
就有了亲切感。此外，别人都有家有业，要按时回家，他反正老哥儿一个，相当于光棍汉，没牵挂，一起混的时候没负担。其实他也不是一个人在战斗。另一个写诗的小兄弟天蝎一起跟
路上那座被称为“孵化器”的办公楼。老昌的公司就在这里。新圳路其实是一条河，名为新圳河，上面加了个盖子，修成马路，还建了一个停车场。路边是高大的榕树，浓浓的绿荫，十
，几乎都是抽十元以下的烟，过年偶尔犒劳自己，买几盒二十多块的已很满足。到这边看老昌他们随随便便抽利群或者芙蓉王，感到肉疼。不过跟他们混过一段时间后，觉得生活上不能
，比茅台（或者五粮液）不差”，一副不容置疑的神情。以老昌为代表的一班文友，并没什么显赫的社会地位，也为别人办不了什么大事，不过总能收到各种各样的赠品，这些酒到他们
会失望吧。他说失望个屁，某某（一个更出名的诗人）比我还俗，打麻将吹牛逼，但人家诗歌写得好啊。也对，能吃能喝能玩是幸福。老昌他们明着是开公司，实则更像开流水席。每天
修炼出来的。有时候人多，还到下面的饭馆去吃大餐。老昌说，我们挣点钱都他妈吃饭了。老昌的场子如果没有文学这个线牵着，也搞不起来，共同的兴趣和价值取向把大家凑到一起。
，墙壁上写满诗人的签名和赠言，好多港台诗人、本地文人都留下了笔迹，有那么一点另类的感觉。但这地方太偏了，生意不怎么好，经常看到奇志无聊地坐在那里翻书。他同时在做大
地方，民间的力量生生不息。不久在同一地方，一帮文化人又搞了个叫“打铁文艺社”的活动场所，热热闹闹地折腾到现在，看样子能活到天荒地老。唯一不属于圈内同仁的人是刚哥。
受生活，给我讲解红酒的喝法，把自己做的一些手工制品展示给我看。一个破旧的轮胎，他居然能改成一个茶台。　我很长时间内都不知道他是干什么的，也没有问。深圳移民来自五湖四
些年的成果。我认识这么一位，把钱投到一个电子厂，每年以股东身份拿分红。老婆没事到香港购物，丈夫则跟文友们一起写诗玩，也是其乐融融。这些都是知道进退的人。外地人眼中
以出手了。那时深圳房价正处于盘整期，很多人持币观望，有人判断会继续下跌，连房地产中介都这么认为，结果一年后房价大涨。因为我还没决定是否在深圳定居，甚至犹疑着要回去
大家都很忙，有的一年也聚不上几次，但心里彼此认对方为朋友。这种散漫的方式，挺好。在深圳，我最早学会的一门技艺是斗地主。老昌他们几乎天天都在斗地主，大呼小叫，啤酒香
是干事业，还是去赌博？什么周末啊，周末也不行，你打牌就是不学好！　价值观绝对正确。可那时还没有微信，很少上微博，总得排解周末的孤寂和无聊啊。我业余时间基本就是读书，
到中年，早过了多愁善感的时候，发生这样的状况，应是一个人独处的结果。所以业余时间还是经常斗地主。人多，热闹。我租了一个三室两厅的房子，有人问，你一个人要这么大房子
天黑，吃完饭接着战斗。我困了先睡，他们后半夜才走。我第二天早晨起来还得收拾他们的残局。　一天晚上，几个人打牌，半夜饿了找吃的，把我一盒打开的饼干吃完。当时正值回南天
我，我说我这两天一直在吃那盒饼干，没什么事。也许是你们点儿背，正赶上那个时候变质。朋友们跟我也真不客气，吃我的食品，喝我的啤酒，抽我的烟，然后赢我的钱。我们玩得不
这人不扛劝，只好凑局。还好，一个下午只输了几百块钱，但此后见到这样的局坚决不再上前。打牌本来就是玩玩而已，消磨时间，斗斗智力，不为赢钱。好在我有记性，输到一定程度
正规，对斗地主的兴趣逐渐变淡。虽然有时候也玩一玩，但不再沉迷。有必要补充几句。那一年，我在工作上相当着力、用心，每天基本是最早坐在办公室，最晚走人。其他人按部就班
较深的一次，处理突发事件得到领导肯定，在会议上公开表扬我。但奇怪的是，我们每天大部分工作时间是无法记录的，记录的似乎都是边角料，是非正常生活，正常的部分被忽略了。
是相互征伐，金戈铁马。朴素的工作、平庸的生活完全没有被记录。　哪个才是真正的生活？不知道。我记录下这些，是想留下一点记忆，然而，也是一个小小的非正常生活的记录。而我
当于光棍汉，没牵挂，一起混的时候没负担。其实他也不是一个人在战斗。另一个写诗的小兄弟天蝎一起跟他合伙开了个公司，利用深圳的产业优势和地缘优势倒买倒卖，大概就是帮人
条河，名为新圳河，上面加了个盖子，修成马路，还建了一个停车场。路边是高大的榕树，浓浓的绿荫，十分清爽。现在一经过那里，看到浓浓的绿荫，就会想到那段日子。所谓的公司
。到这边看老昌他们随随便便抽利群或者芙蓉王，感到肉疼。不过跟他们混过一段时间后，觉得生活上不能亏待自己，也开始买三四百元一条的了。想来还是两地收入的差距造成生活习
文友，并没什么显赫的社会地位，也为别人办不了什么大事，不过总能收到各种各样的赠品，这些酒到他们饭桌上，也不知倒几遍手了。喝酒不花自己的钱，终究是件好事。总体上说，
逼，但人家诗歌写得好啊。也对，能吃能喝能玩是幸福。老昌他们明着是开公司，实则更像开流水席。每天从早晨开始就一大堆人坐这里吃饭，中午换了一拨人接着吃，晚上又换了另外
他妈吃饭了。老昌的场子如果没有文学这个线牵着，也搞不起来，共同的兴趣和价值取向把大家凑到一起。文友们在一起很少谈文学，而是打扑克，喝酒，喝茶，闲扯淡，但必须有文学
那么一点另类的感觉。但这地方太偏了，生意不怎么好，经常看到奇志无聊地坐在那里翻书。他同时在做大理石生意，似乎不指着这个挣点钱。不过后来还是挺不住了，把店铺兑给了别
文艺社”的活动场所，热热闹闹地折腾到现在，看样子能活到天荒地老。唯一不属于圈内同仁的人是刚哥。在一个饭局上见过一次面后，很投脾气。他时不时打电话来说，中午一起吃饭
旧的轮胎，他居然能改成一个茶台。　我很长时间内都不知道他是干什么的，也没有问。深圳移民来自五湖四海，背景复杂，如果人家自己不说，很多东西都不便问。他不上班，也不缺钱
。老婆没事到香港购物，丈夫则跟文友们一起写诗玩，也是其乐融融。这些都是知道进退的人。外地人眼中，深圳节奏快，贴着“紧张”“励志”“奋斗”等标签。殊不知，这个地方
跌，连房地产中介都这么认为，结果一年后房价大涨。因为我还没决定是否在深圳定居，甚至犹疑着要回去，所以没有买房。两年后再买时多花了七八十万。刚哥做事非常靠谱。我晚上
方式，挺好。在深圳，我最早学会的一门技艺是斗地主。老昌他们几乎天天都在斗地主，大呼小叫，啤酒香茶。斗地主跟东北的打百分差不多，只是稍微复杂一些，更讲究配合，我一
价值观绝对正确。可那时还没有微信，很少上微博，总得排解周末的孤寂和无聊啊。我业余时间基本就是读书，读了大量的书。有一个周末，在家中看中央电视台戏曲频道播放的京剧《锁
所以业余时间还是经常斗地主。人多，热闹。我租了一个三室两厅的房子，有人问，你一个人要这么大房子干什么？我说大房子舒服嘛，老婆孩子来的时候也够住。我还买了好多啤酒，
还得收拾他们的残局。　一天晚上，几个人打牌，半夜饿了找吃的，把我一盒打开的饼干吃完。当时正值回南天，饼干发霉了，他们立竿见影地闹起肚子。我睡在屋里迷迷糊糊地听到厕所
那个时候变质。朋友们跟我也真不客气，吃我的食品，喝我的啤酒，抽我的烟，然后赢我的钱。我们玩得不大，都是五元起，一个晚上三五百元的输赢足够了。有一次到一个朋友处，饭
局坚决不再上前。打牌本来就是玩玩而已，消磨时间，斗斗智力，不为赢钱。好在我有记性，输到一定程度，就自动熔断，避免更大损伤。这样的局面持续下去其实是很可怕的，总有一天
充几句。那一年，我在工作上相当着力、用心，每天基本是最早坐在办公室，最晚走人。其他人按部就班，我则小心翼翼，绞尽脑汁创新。我名为部门主任，实则光杆司令，一个人首先
我们每天大部分工作时间是无法记录的，记录的似乎都是边角料，是非正常生活，正常的部分被忽略了。大而扩之地想，所有的历史，记录的都是非正常的生活，我们看到的历史是一部
正的生活？不知道。我记录下这些，是想留下一点记忆，然而，也是一个小小的非正常生活的记录。而我喜欢、享受现在的不值得记录的平庸生活。那段时间，混得最熟的是诗人老昌

# 相关附录

样或者芙蓉王，感到肉疼。不过跟他们混过一段时间后，觉得生活上不能亏待自己，也开始买三四百元一条的了。想来还是两地收入的差距造成生活习惯的差异。老昌嗜酒，早晨起来都要
也为别人办不了什么大事，不过总能收到各种各样的赠品，这些酒到他们饭桌上，也不知倒几遍手了。喝酒不花自己的钱，终究是件好事。总体上说，老昌是个非常粗糙的人，喜欢大谈谈
能吃能喝能玩是幸福。老昌他们明着是开公司，实则更像开流水席。每天从早晨开始就一大堆人坐这里吃饭，中午换了一拨人接着吃，晚上又换了另外一拨人。各式各样的人纷至沓来，有
文学这个线牵着，也搞不起来，共同的兴趣和价值取向把大家凑到一起。文友们在一起很少谈文学，而是打扑克，喝酒，喝茶，闲扯淡，但必须有文学做背景和衬底。那时经常去的还有雁
偏了，生意不怎么好，经常看到奇志无聊地坐在那里翻书。他同时在做大理石生意，似乎不指着这个挣点钱。不过后来还是挺不住了，把店铺兑给了别人。私语咖啡馆关门后，我失落了好
折腾到现在，看样子能活到天荒地老。唯一不属于圈内同仁的人是刚哥。在一个饭局上见过一次面后，很投脾气。他时不时打电话来说，中午一起吃饭啊。反正我一个人，就说好啊。于是
我很长时间内都不知道他是干什么的，也没有问。深圳移民来自五湖四海，背景复杂，如果人家自己不说，很多东西都不便问。他不上班，也不缺花销，不晓得到底哪里来的钱。后来才
友们一起写诗玩，也是其乐融融。这些都是知道进退的人。外地人眼中，深圳节奏快，贴着“紧张”“励志”“奋斗”等标签。殊不知，这个地方懂得“停下来”的人也不少。他们是深
一年后房价大涨。因为我还没决定是否在深圳定居，甚至犹疑着要回去，所以没有买房。两年后再买时多花了七八十万。刚哥做事非常靠谱。我晚上心脏不舒服的时候，都是让他第二天某
一门技艺是斗地主。老昌他们几乎天天都在斗地主，大呼小叫，啤酒香茶。斗地主跟东北的打百分差不多，只是稍微复杂一些，更讲究配合，我一个下午就学会了。到了傍晚，我居然鬼使
少上微博，总得排解周末的孤寂和无聊啊。我业余时间基本就是读书，读了大量的书。有一个周末，在家中看中央电视台戏曲频道播放的京剧《锁麟囊》。演到薛湘灵流落异乡，三次对着
热闹。我租了一个三室两厅的房子，有人问，你一个人要这么大房子干什么？我说大房子舒服嘛，老婆孩子来的时候也够住。我还买了好多啤酒，把冰箱塞得满满的。周末经常有朋友或者
打牌，半夜饿了找吃的，把我一盒打开的饼干吃完。当时正值回南天，饼干发霉了，他们立竿见影地闹起肚子。我睡在屋里迷迷糊糊地听到厕所门咣当打开，咣当关上。外面的人喊，你快
吃我的食品，喝我的啤酒，抽我的烟，然后赢我的钱。我们玩得不大，都是五元起，一个晚上三五百元的输赢足够了。有一次到一个朋友处，饭后打牌，那些人打牌都是一百元起，一场
，消磨时间，斗斗智力，不为赢钱。好在我有记性，输到一定程度，就自动熔断，避免更大损伤。这样的局面持续下去其实是很可怕的，总有一天要出事。心内惶惶，斗地主是麻醉药和
力、用心，每天基本是最早坐在办公室，最晚走人。其他人按部就班，我则小心翼翼，绞尽脑汁创新。我名为部门主任，实则光杆司令，一个人首先搭起架子，设计各种方案，然后根据需
的，记录的似乎都是边角料，是非正常生活，正常的部分被忽略了。大而扩之地想，所有的历史，记录的都是非正常的生活，我们看到的历史是一部偏见史，是一部残缺的、忽略了正常生
是想留下一点记忆，然而，也是一个小小的非正常生活的记录。而我喜欢、享受现在的不值得记录的平庸生活。那段时间，混得最熟的是诗人老昌。我很久以前读过老昌的诗歌，觉得他的
了个公司，利用深圳的产业优势和地缘优势倒买倒卖，大概就是帮人家跑腿，低买高出，每天都能有点进项。员工只有一个，后来还成了天蝎的老婆。好多个周末，我都乘坐晃晃悠悠的公
现在一经过那里，看到浓浓的绿荫，就会想到那段日子。所谓的公司，只有三间房子，一间办公，一间给天蝎小两口住，一间给老昌住。老昌好抽烟，每天一两包，一根接着一根地抽。我
也开始买三四百元一条的了。想来还是两地收入的差距造成生活习惯的差异。老昌嗜酒，早晨起来都要拿一瓶啤酒漱漱口。他的公司里收藏着各种真真假假的“名酒”，每次老昌都说：
也不知倒几遍手了。喝酒不花自己的钱，终究是件好事。总体上说，老昌是个非常粗糙的人，喜欢大谈谈怎么挣钱拉关系，抽冷子还吐一口痰。我说你的诗写得那么干净，生活是这个样子
始就一大堆人坐这里吃饭，中午换了一拨人接着吃，晚上又换了另外一拨人。各式各样的人纷至沓来，有的特意来蹭饭，有的聊得兴起，也留下一起吃。老昌喜欢做饭，炒菜水平一流，或
一起很少谈文学，而是打扑克，喝酒，喝茶，闲扯淡，但必须有文学做背景和衬底。那时经常去的还有雁盟酒店产业文化园，诗人奇志（江苏人，打牌水平不错）在那里开了个名为“私语
似乎不指着这个挣点钱。不过后来还是挺不住了，把店铺兑给了别人。私语咖啡馆关门后，我失落了好一阵。初到一地，最先接触的那些人和事物在心上刻下烙印，显得最为宝贵。但深
局上见过一次面后，很投脾气。他时不时打电话来说，中午一起吃饭啊。反正我一个人，就说好啊。于是一起去吃。他厨艺好，擅长炖鸡。一整只鸡，几乎不放什么作料，炖好后端出来，
复杂，如果人家自己不说，很多东西都不便问。他不上班，也不缺花销，不晓得到底哪里来的钱。后来才发现，深圳这样的人还不少。原来，有些人来深圳早，攒了些家底便不再工作，一
奏快，贴着“紧张”“励志”“奋斗”等标签。殊不知，这个地方懂得“停下来”的人也不少。他们是深圳的另一面。 刚哥喜欢研究各类经济大势。2011年末，他劝我赶紧买房子，说这
有买房。两年后再买时多花了七八十万。刚哥做事非常靠谱。我晚上心脏不舒服的时候，都是让他第二天某个时间给我打电话，他肯定会按时打过来。那段时间很多朋友帮助过我。他们并
主跟东北的打百分差不多，只是稍微复杂一些，更讲究配合，我一个下午就学会了。到了傍晚，我居然鬼使神差地给老婆打电话说，自己打了一下午牌感觉心情放松多了。老婆在电话里怒
的书。有一个周末，在家中看中央电视台戏曲频道播放的京剧《锁麟囊》。演到薛湘灵流落异乡，三次对着胡婆的背影说“胡婆，你可要回来看我”的时候，居然看得落泪了。也许是触
我说大房子舒服嘛，老婆孩子来的时候也够住。我还买了好多啤酒，把冰箱塞得满满的。周末经常有朋友或者同事到我的住处斗地主，有时甚至两三桌同时开战。客厅里一伙，卧室里一伙
霉了，他们立竿见影地闹起肚子。我睡在屋里迷迷糊糊地听到厕所门咣当打开，咣当关上。外面的人喊，你快点好不好，我憋不住了。还有人气急败坏地问，这怎么回事？饼干不是有毒吧
五元起，一个晚上三五百元的输赢足够了。有一次到一个朋友处，饭后打牌，那些人打牌都是一百元起，一场下来，输赢可达几万块。我说算了，你们玩得太大，我不玩了。他们说，就
熔断，避免更大损伤。这样的局面持续下去其实是很可怕的，总有一天要出事。心内惶惶，斗地主是麻醉药和精神依托。这个精神寄托很容易走火入魔，误入歧途。等妻子女儿都来到深圳
心翼翼，绞尽脑汁创新。我名为部门主任，实则光杆司令，一个人首先搭起架子，设计各种方案，然后根据需要隔一段时间进一个人，半年时间终于把一个部门及相关工作像模像样地开展
地想，所有的历史，记录的都是非正常的生活，我们看到的历史是一部偏见史，是一部残缺的、忽略了正常生活的历史。秦朝的人怎么吃喝拉撒，每天怎样迎来日出送走晚霞？没有人知道
受现在的不值得记录的平庸生活。那段时间，混得最熟的是诗人老昌。我很久以前读过老昌的 了亲切感。此外，别人都有家有业，要按时回家，他反正老
低买高出，每天都能有点进项。员工只有一个，后来还成了天蝎的老婆。好多个周末，我 被称为“孵化器”的办公楼。老昌的公司就在这里。新
间房子，一间办公，一间给天蝎小两口住，一间给老昌住。老昌好抽烟，每天一两包，一根接着 几乎都是抽十元以下的烟，过年偶尔犒劳自己，买几盒二十多
老昌嗜酒，早晨起来都要拿一瓶啤酒漱漱口。他的公司里收藏着各种真真假假的“名酒”，每次老昌都说：“我这是珍品，比茅台（或者五粮液）不差”，一副不容置疑的神情。以老
非常粗糙的人，喜欢大谈谈怎么挣钱拉关系，抽冷子还吐一口痰。我说你的诗写得那么干净，生活是这个样子，粉丝见到不会失望吧。他说失望个屁，某某（一个更出名的诗人）比我还
各式各样的人纷至沓来，有的特意来蹭饭，有的聊得兴起，也留下一起吃。老昌喜欢做饭，炒菜水平一流，或许是常年在外修炼出来的。有时候人多，还到下面的饭馆去吃大餐。老昌说，
衬底。那时经常去的还有雁盟酒店产业文化园，诗人奇志（江苏人，打牌水平不错）在那里开了个名为“私语咖啡”的小店，墙壁上写满诗人的签名和赠言，好多港台诗人、本地文人都
咖啡馆关门后，我失落了好一阵。初到一地，最先接触的那些人和事物在心上刻下烙印，显得最为宝贵。但深圳是个神奇的地方，民间的力量生生不息。不久在同一地方，一帮文化人又
我一个人，就说好啊。于是一起去吃。他厨艺好，擅长炖鸡。一整只鸡，几乎不放什么作料，炖好后端出来，喷香。他会享受生活，给我讲解红酒的喝法，把自己做的一些手工制品展示
得到底哪里来的钱。后来才发现，深圳这样的人还不少。原来，有些人来深圳早，攒了些家底便不再工作，一心一意享受早些年的成果。我认识这么一位，把钱投到一个电子厂，每年以
“来”的人也不少。他们是深圳的另一面。 刚哥喜欢研究各类经济大势。2011年末，他劝我赶紧买房子，说这是最低点，可以出手了。那时深圳房价正处于盘整期，很多人持币观望，有
服的时候，都是让他第二天某个时间给我打电话，他肯定会按时打过来。那段时间很多朋友帮助过我。他们并不热情似火。大家都很忙，有的一年也聚不上几次，但心里彼此认对方为朋友
会了。到了傍晚，我居然鬼使神差地给老婆打电话说，自己打了一下午牌感觉心情放松多了。老婆在电话里怒斥我，你出去是干事业，还是去赌博？什么周末啊，周末也不行，你打牌就
演到薛湘灵流落异乡，三次对着胡婆的背影说“胡婆，你可要回来看我”的时候，居然看得落泪了。也许是触景生情吧。人到中年，早过了多愁善感的时候，发生这样的状况，应是一个人
得满满的。周末经常有朋友或者同事到我的住处斗地主，有时甚至两三桌同时开战。客厅里一伙，卧室里一伙，从白天打到天黑，吃完饭接着战斗。我困了先睡，他们后半夜才走。我第二
，咣当关上。外面的人喊，你快点好不好，我憋不住了。还有人气急败坏地问，这怎么回事？饼干不是有毒吧。后来他们问我，我说我这两天一直在吃那盒饼干，没什么事。也许是你们
那些人打牌都是一百元起，一场下来，输赢可达几万块。我说算了，你们玩得太大，我不玩了。他们说，就是玩玩啦。我这人不拉劝，只好凑局。还好，一个下午只输了几百块钱，但此后
心内惶惶，斗地主是麻醉药和精神依托。这个精神寄托很容易走火入魔，误入歧途。等妻子女儿都来到深圳后，生活进入正规，对斗地主的兴趣逐渐变淡。虽然有时候也玩一玩，但不再
设计各种方案，然后根据需要隔一段时间进一个人，半年时间终于把一个部门及相关工作像模像样地开展起来。印象比较深的一次，处理突发事件得到领导肯定，在会议上公开表扬我。
是一部残缺的、忽略了正常生活的历史。秦朝的人怎么吃喝拉撒，每天怎样迎来日出送走晚霞？没有人知道。我们记录的是相互征伐，金戈铁马。朴素的工作、平庸的生活完全没有被记录
前读过老昌的诗歌，觉得他的诗歌很牛，先就有了亲切感。此外，别人都有家有业，要按时回家，他反正老哥儿一个，相当于光棍汉，没牵挂，一起混的时候没负担。其实他也不是一个
个周末，我都乘坐晃晃悠悠的公交车来到新洲路上那座被称为“孵化器”的办公楼。老昌的公司就在这里。新洲路其实是一条河，名为新洲河，上面加了个盖子，修成马路，还建了一个

# 榕

榕，容也，以其材无所用，为斧斤所容，故曰榕。叶甚茂盛，柯条节节如藤垂，其干及三人围抱，则枝上生根，连绵拂地，得土石之力，根又生枝，如栋柱互相撑抵，望之有若大厦，直者为门，曲者为窗牖，玲珑四达，人因目之曰榕厦。其中常产香木，炎精所结，往往有伽傰焉。粤人以其香可来鹤子，可肥鱼，多植于水际。又以其细枝曝干为火枝，虽风雨不灭，故今州县有榕须之征。其脂乳可以贴金接物，与漆相似，亦未尽为不材也。性畏寒，逾梅岭则不生，故红梅驿有树榕为炎寒之界。又封川西三十里分界村，二广同日植一榕，相去三丈许，而东大西小，东荣西瘁。东榕又不落叶，咫尺间地之冷暖已分如此。自韶州西北行，榕多直出，不甚高，与广州榕婆娑偃蹇者异。

高州道中，榕夹路垂阴凡百株，状甚诡怪，皆束千百根以为一身。有红白、大叶、小叶诸种，有子无花，子落时常如密雨。中多岭西副使吴廷举所植，父老称吴公榕。新兴东北一带亦有之。先是宋延祐间有仓振者知新州，夹道植榕，其后高芝复植松。于是行旅歌之曰："仓榕高松，手泽重重。高松仓榕，夹道阴浓。"而佥事刘洵者，修高仓故事，自高要南岸至新兴，令里胥分地植榕，遣官以时验勤怠，至今榕树存者大十围。又归善叶春及知惠安，令民植榕，下教曰："榕者，容也，其阴大当驰道，自白水至雒阳，五丈而树，田间恐妨谷，凡植几本以报。呜呼！远者种德，近者种树，吾无德，且种树，此皆仁人之泽也。"其榕凡四百二十一本云。

（摘自吴绮等撰，林子雄点校：《清代广东笔记五种·南越笔记》，广东人民出版社2006年版，第337—338页）

## 榕

榕树，南海、桂林多植之。叶如木麻，实如冬青。树干拳曲，是不可以为器也。其本棱理而深，是不可以为材也。烧之无焰，是不可以为薪也。以其不材，故能久而无伤。其荫十亩，故人以为息焉。而又枝条既繁，叶又茂细；软条如藤垂下，渐渐及地，藤梢入土，便生根节。或一大株，有根四五处，而横枝及邻树，即连理。南人以为常，不谓之瑞木。

（摘自鲁迅，杨伟群点校：《历代岭南笔记八种·南方草木状》，广东人民出版社2011年版，第15—16页）

# 建制 镇街

1992年12月拆分宝安县：以平湖、布吉、横岗、龙岗、坪地、坪山、坑梓、葵涌、大鹏、南澳10个镇85个行政村13个居民委员会建立龙岗区，以新安、福永、沙井、松岗、公明、石岩、龙华、观澜8个镇1个光明农场196个行政村9个居委会建立宝安区。

……

西乡镇于1994年1月从新安镇分出成立，辖西乡、柳竹、龙珠、龙腾、福中福、富华、桃园、利锦8个居委会，铁岗水库1个单独管理单位，黄麻布、九围、黄田、钟屋、鹤州、后瑞、草围、三围、固戍、共乐、乐群、盐田、河东、河西、臣田、庄边、凤岗、铁岗、麻布、径贝、流塘、劳动、渔业、蚝业24个行政村。

**【摘自深圳市宝安区志编纂委员会：《深圳市宝安区志（上）》，方志出版社2011年版，第40页】**

# 台风

台风是区域内主要的自然灾害，多出现在夏季。

1997年8月2日，9710号台风袭击新安，降雨量约200毫米，阵风10级，辖区内树木被刮断，施工工棚倒塌，菜地被淹，鱼塘漫堤。

2003年8月19日，台风袭击新安，暴雨成灾，不少道路被淹，大树被连根拔起，铁架广告牌被吹毁，民房倒塌。

2003年9月2—3日，强台风“杜鹃”正面袭击深圳，这是深圳1979年建市以来最严重的台风。新安辖区大面积停电，给供电、园林绿化造成损失。

2005年9月23日，受台风“达维”影响，新安街道辖区普降暴雨。

2006年5月17日，台风“珍珠”到达深圳，新安街道多处水浸，菜地水浸严重，荔枝受损减产，两项经济损失440万元。

2008年6月25日，台风“风神”登陆深圳造成暴雨，新安9个社区遭水浸。

2009年7月19日0时50分，台风“莫拉菲”登陆深圳南澳，登陆时风力13级。受其影响，新安出现部分道路积水和低洼地点水浸。

2011年9月29—30日，受强台风“纳沙”影响，新安出现暴雨，局部大暴雨。

2012年7月26日，台风“韦森特”来袭，新安一些树木在狂风中折断，损失严重。

2013年8月16日，台风“尤特”登陆，受暴雨影响，新安有17个社区部分道路水浸，积水300毫米以上的地段和区域42处。

（摘自新安街道志编纂委员会：《新安街道志》，中国文史出版社2015年版，第35页）

# 北帝信仰

北帝又称玄武帝、真武帝、赤帝，是古代的四方神之一。宋大中祥符年间（1008—1016）尊为“镇天真武灵佑帝君”，简称真武帝君。屈大均《广东新语》载：“粤人祀赤帝，并祀黑帝，盖以黑帝位居北极而司命南溟。南溟之水，生于北极，北极为源，而南溟为水之源也。吾粤固水国也，民生于卤潮，长于淡汐，所不与鼋鼍蛟蜃同变化，人知为赤帝之功，不知为黑帝之德。家尸而户祝之，礼虽不合，亦粤人之所以报本者也。”相传农历三月初三是北帝菩萨的生日，过去每年都要举行北帝诞。农历二月二十八，北帝出位，村民将北帝神像从庙中请出来，抬着巡游各地，到三月初二复位，活动期间，锣鼓喧天，鞭炮齐鸣，舞狮舞龙，连日欢庆，场面非常热烈。

西乡河西北帝庙位于西乡镇真理街，供奉神祇为真武大帝，未作为宗教活动场所登记。布局为三间两进一天井，其左侧墙上刻有光绪十七年（1891）重修主碑，民国初期有两道士在此主持，新中国成立后破除迷信，道士停止活动。1993年重修，每逢农历初一、十五，求签、问卜者络绎不绝，香火甚盛。

【摘自深圳市宝安区志编纂委员会：《深圳市宝安区志（下）》，方志出版社2011年版，第1125页】

# 后记

## 且在深圳停住



从1993年到2011年，在长春生活的十八年里，我差不多每年都有几次进入恍惚状态，想象自己在深圳会怎样生活。而那些年我从没到过深圳，对深圳的了解只能靠报纸和文学作品。

偶尔也想象过可能的北京生活，但念头一动就打住了。我是一条不会游泳的鱼，跳到汪洋大海相当于自投罗网。至于上海生活，想都没想过。现在盘点一下，当时的我，是否可以代表某一类生活在二三线或者四五线城市的，不安于现状的人。在这类人的概念里，深圳是一个有缝隙的地方，让远在天边的人可以看到一点光亮。且不论真实情况如何，它给人的直觉应该是这样的。而这样的感觉，一定来自数不胜数的配套政策和管理方式。

总之，想着想着，我就到了深圳。世界有魔咒，非强力可以抗拒。

此前获得的关于深圳的消息，多是大悲大喜。有人得意外之财，一夜爆发。有人惨痛落魄，死无葬身之地。还好还好，我到这里，安安稳稳地扎根，安安稳稳地生活，安安稳稳地做梦、圆梦，全部水到渠成。

在深圳的街头，触目皆是年轻人。尤其在地铁上，我差不多始终是车厢里年纪最大的，这就让人很夹生。在其他城市，身边有老有少，搭配相对合理，感觉自己是一个按部就班的中年人。而在深圳，我可能被裹挟着要和年轻人进入同一思维，同一行事方式，必须意气风发。

好在这里的老年人越来越多。年轻人安定之后，终究要回归世俗通道，把老人接到身边。菜市场上、早市上，小区和公园的广场，拥挤着数不胜数的白头发。

这个城市早晚要从年轻走向年老，向一个传统的城市靠拢。它的特殊性可能会随着时间的推移和阶层的固化，逐渐消失掉。当然也可能会成为另一种类型的城市。这一点我不敢确定，也猜不到。

来深圳快八年了，感觉已逐渐和这个城市融为一体。最初那几年，对深圳抱着一点神秘感，加上一点点戒备心理，还有一些不适应并说服自己去适应的心理，各种心理掺杂在一起。某种意义上，自己更像一个深圳的客人，对它不远不近，因此也没法描述它。随着时间的推移，我对这个城市越来越了解，越来越爱，感觉用文字来呈现它的可能性越来越大。

最初我给这个系列作品命名为“在宝安”，就写自己最熟悉的事物。文友李双鱼听说后告诉我，他也写过“在宝安”，作家晋东南好像也在写。我说，这是好事，大家都写身边人、身边事，互为补充，“宝安”的见光率越来越高，这就是我们为这个地域作的贡献。

我先后写了西乡河、宝安公园、城中村、街头小店，越写越需要外延，像涟漪一样一圈一圈扩散开来，逐渐成了深圳系列，也就是这本书。“街巷志”三个字，似乎放之四海而皆准，就看你往里面放置什么。放置的是“深圳体温”，就要有点野心。比如，在这个城市待的时间长了，看到了深圳的活力、旺盛的生命力。跟内地城市比，它更讲规则，各种服务更好。同时我也看到了它的浮夸、焦躁以及概念化。我希望自己的文字能赋予它一些东西。比如深圳缺少忧伤，忧伤是一种高贵的情绪，我能否通过自己的文字赋予其忧伤？因为经济的发展，某些深圳人的优越感似乎越来越强，我能否通过自己的文字让这种优越感变得优雅一些？

接下来我会往纵深写，也许会越写越难。但没关系，做好自己就行了。一位本土作家曾善意地提醒我，这种单一性写作，对文学创作也许不是什么好事，因为此前有人已经这样做过，并没什么反响。我很认同他的观点。不过，我还是想继续写下去，直到撞到自己的天花板。毕竟现在还处在热情之中，这种热情以后自动消失也未可知。而文友们的提醒和鞭策将为我做好自己提供更多的养分。

这本书能够出版，首先要感谢深圳报业集团出版社社长、人称“文坛大侠”的胡洪侠先生、副社长孔令军先生，还要感谢为本书付出劳动的岳鸿雁和林洁楠女士；感谢好友欧春健为我提供的精美图片，更要感谢为我写序的王元涛。相交二十四年，我一直称呼他为“哥”。当年在长春时，几个好友闲聊，说国华将来出一本自己最喜欢的书，让元涛作序，王虎写跋，徐峰题写书名，黄冶绘插图。这么多年过去了，也不过刚刚把第一个玩笑变成现实。

所以说，来路还长着呢。

王国华

2018年7月末，于宝安

总策划/出版人：胡洪侠
责任编辑：岳鸿雁
技术编辑：杨　杰　林洁楠
装帧设计：李　斌

**图书在版编目（CIP）数据**

街巷志：行走与书写 / 王国华著. -- 深圳：深圳报业集团出版社，2018.11（2023.7重印）
ISBN 978-7-80709-867-6

Ⅰ. ①街… Ⅱ. ①王… Ⅲ. ①随笔－作品集－中国－当代 Ⅳ. ①I267.1

中国版本图书馆CIP数据核字(2018)第242331号

《我们深圳》文丛
深圳市文化创意产业发展专项资金资助项目

**街巷志：行走与书写**
**Jiexiang Zhi Xingzou yu Shuxie**

王国华 著

深圳报业集团出版社出版发行
（深圳市福田区商报路2号 518034）
雅昌文化（集团）有限公司印制
新华书店经销

开本：889mm×1230mm 1/32
字数：230千字
版次：2018年11月第1版　2023年7月第5次印刷
印张：8.25
ISBN 978-7-80709-867-6
定价：50.00元